我爱问连岳 之

少年问答 3

连岳 著

译林出版社

目 录

1 所有的烦恼都是成长路上的基石

2 驱逐心中的“黑狗”，构筑更强大的自我

3 不平凡的人生定义

4 家人让我们成为更好的自己

1 所有的烦恼都是成长路上的基石

小孩的小修炼，大哲的大本事

| 2021.12.5

连岳叔叔：

您好！

我是一名五年级的小学生，我妈经常给我读您的文章。我有一个烦恼，希望您能帮我解答一下。

我参加了学校的“晚托”，就是放学后可以留在学校做作业，晚上5 : 40家长再来接。原来在“晚托”是不允许我们吃东西的，可是当我们班来了新老师后，很多同学就开始吃零食了，但我家里是不让我带任何东西的。

我还参加了学校的一个管乐团，团里也有很多人吃东西。我想吃东西的时候，就跟他们讨。管乐团的老师要求我们不能吃零

注：本书读者来信均为真实来信，存在语言表达不尽规范之处，为反映来信者真实状态，编辑仅做适度调整。特此声明。

食，但是那些人还是偷偷吃。我想告发，但是没有证据。我跟他们讨，他们也经常不给我，我有点伤心。不过也有几次讨到了一小点。

另外，我在家里写作业的时候，也想吃零食，但吃零食会影响我写作业的速度。我该怎么办好？

最关键的是偷吃零食的同学"运气"比我要好，他们带了那么多天的零食，都没被老师发现。可是我一讨到手，还没焐热呢，就被老师发现没收了。

在"晚托"和乐团里，我对零食的摇摆不定的态度，也让我对自己很无奈。

连叔，我该怎么办呢？

祝开心。

为零食而烦恼的少年

* * *

为零食而烦恼的少年：

学校的管乐团与晚托班不准吃零食，这个纪律是对的。

为什么新来的纪律老师最后基本不管你们，形同虚设呢？那是因为管理的成本太大，而放任不管的危害性暂时又看不出来。食欲是最难控制的，人一感觉到饿，比如到了晚托班时间，大脑就将一直驱使人吃东西——这个欲望不强烈，人类的祖先在食物匮乏期就比较难生存。但是“饱了便不吃”这个关闭功能又相当弱，近乎没有。这也与食物长期匮乏有关，一下就吃完了，很难有吃不完的时刻，不必进化出关闭功能。等进入食物永远充足的新时期，食欲容易打开很难关闭的不平衡就带来很大的麻烦——中国人的超重肥胖率迅速上升，包括少年儿童。中国疾控中心公布的数据显示，中国6岁以下的儿童超重肥胖率超过10%，6—17岁的儿童及青少年超重肥胖率近20%。6岁以后的数据上升得更快，可能也与孩子上学了，有更大的自由度，可以接触各类零食有关，很多美味得令人上瘾的零食都有低营养、高热量的特点，好像只吃了一点点，却转化出了很多脂肪。

肥胖会引发很多疾病，但更严重的后果是让人处于“我明知肥胖不好，却又无法控制自己”的痛苦、怀疑与否定当中。也就是说，肥胖让人身心皆苦，灵肉俱累，损耗人最重要的能力——意志力。从这个角度来看，能控制食欲和体重，就能控制自己的人生。古人说：“世事洞明皆学问。”学问不仅仅是考试后的成绩，生活中所有的事都隐藏着大学问，谁先发现这点，把学习从课堂延伸到全部生活中去，谁就真正理解了学习，谁就开始领先。

大作家黑塞有本杰出的小说《悉达多》，书中的主人公是人类的重要影响者之一悉达多。他的大本事之一是什么？是你完全想不到的，也是你能做到的：能挨饿。饿了不慌张，不生气，不贪婪；于是他有了第二大本事：能持戒，也就是守纪律。人平静后，心神专注，就产生了第三大本事：善思考。这三大本事你在晚托班都能实践获得，所以，大人物不是做了什么特别难的事，大人物往往是做好了特别小的事。小学生做好了特别小的事，将来也能成为大人物。

你很幸运，你父母（还包括其他长辈）明白这些小事的价值，所以他们控制你的零食，尽力让你吃得健康。但是如果他们知道你在学校不停地讨零食，估计会心理崩溃，从而放弃这个最重要的教育，索性也让你吃零食。这就太可惜了。所以，我还是建议你至少坚持一年或半年，不是因为老师管才不吃，不是因为其他同学都不能吃你才不吃，而是因为不吃零食本身是正确的、是有价值的。其他同学越是挨不了晚餐前的饿，越是违反纪律，老师越是不管，你的坚持就越有价值，因为学校教育的最大目标就是让人能够自我管理。晚托班时挨住饿，管乐团里守纪律，平静地做自己，这样就没有贪欲驱使你去讨零食，你也不会因生气而去“告发”同学。此时即使只有你一人做对的事，也不是吃亏，而是“占便宜”，是在成长上的大领先。我认为，这个领先的时间窗口也没有多长，因为我们的教育体系可能已经意识到让孩子保持身体的健美是一件极其重要的事，不能忽视。

祝开心。

连岳

所有人都面临过的投票难题

| 2022.1.13

连叔叔：

您好！

我今年刚上小学一年级，妈妈最近开始给我读一本您的书，叫《少年问答》。书里都是一些问题和回答，我听得懂，内容都很有道理。

我觉得上小学很开心，我也一直很努力。今天我参加了第一次班级“三好学生”的竞选，班里有二十几个同学上台竞选，最后选了十二个三好生。我只得了五票，排在了第二十名，落选了。我没有给我自己投票，因为我觉得我选的十二个同学都比我优秀。但是没有选上三好生我又觉得很难过。我现在有点后悔，是不是应该给自己投上一票，那么我就有六票了，我的名次就能离十二名更近一点了。我想了一晚上，还是很伤心难过，作业也不想做，日记也不想写。

一个小学生

* * *

一个小学生：

还好，三好生的选举每个学期都有，下次当选就是了。

那么，下次要不要投自己一票呢？

要的，无论你是离自己当选差十票，还是差一票，这票是否关键，自己投自己一票都是应该的，没什么不好意思的。

否则，就不合竞选的逻辑。你能参与竞选，那表示你是合格的。你也认为自己值得胜出，希望得到的票数越多越好，可结果却没投自己一票，认为自己不配——如果你真不配，那就不应该参加竞选呀。

从古到今，我们的文化一直要求人要礼让、谦虚。这是对的，它们都是可贵的品质，我们永远不能丢失。但它们要处于合适的位置，以免失去应有之义。不然的话，礼让就会变成懦弱，不敢坚持原则；谦虚就会变成贪婪，刻意表演获取利益。这会让人变得自我分裂，自我冲突，显然不是教育的目的。所以，一个人应该既是礼让的，又是坚持原则的；既是谦虚的，又是充满自信的。孔子说过"君子无所争"，也说过"当仁不让于师"，就是这个意思。该坚持原则的时候，即便持反对意见的人数众多，也不能让。当然，这个不让不能以言语粗鲁、行为暴躁体现出来，你仍然应该有礼有节，“其争也君子”。

输了，反而要做得更好，这就是谦虚，认识并开始补强自己的不足。输了就“躺平”，那是不谦虚的另一种体现，骄傲的人，无法忍受一点失败。你从今天开始应更努力，这才对得起投你票的五个同学。他们也可以自豪地说：我们没有选错人。这样下次选举票才会多起来。

祝开心。

连岳

因为“双减”，我举报了老师

| 2022.3.1

连叔：

您好！

我是一名初二学生，还是个成绩不错，喜欢“路见不平一声吼”的男生。

最近，全球经济下行碰上了俄乌冲突，而我也遇上了自己的重大危机——同班主任的矛盾。

作为亲历者，在我看来当时事情跌宕起伏且复杂，一言一语背后都是一次又一次的攻防。在经过近两天的休整后，我的问题基本得到解决，但对根本问题仍然存在疑问，在妈妈的指引下，我决定找您诉说。

事情是这样的：政府的“双减”政策规定，一个学期只能有期中、期末两场大型考试，学校也是这么对外宣称的，但事实却不是这样。入学考试本是要开学当天举行的，但推迟了十天——据说是因为有人打电话举报。这可激起了同学们“蠢蠢欲动”的内心，于是有人将举报电话发到了同学群。课间，大家都对举报表现出了十二分的热情，不论是“学霸”还是“学渣”，实在是“山雨欲来风满楼”。我也好奇地拨打了那个电话，接通了，但只有奇怪的机器声，于是我就挂断了电话。

上午第四节课时，听到有同学在走廊上飞奔着大喊：“不考了！”大家骚动了起来。但第二天下午，班主任带着一张黑脸和一沓试卷进了教室——入学考试还是来了。随后，她就开始了对举报者的搜查。那名张扬的“头目”在开考几分钟后被查到，经过几轮逼问，我居然也被叫出教室。在起身的一瞬间，我决定一口咬定自己无罪。我是这么想的：上次的“雪球事件”中，有人就是这么逃过一劫的；历史中，无数英雄也是这么做的。

在老师的逼问下，我一时不知怎么回答，左右为难。最终承认自己拨打过那个电话。随后班主任就开始了对我的责问，随后，我用类似的语句反问了她。明明是差不多的语句，她却暴跳如雷。她从一开始就怒气冲天，令我想到一个词——恼羞成怒，我顺理成章地认为举报损害了她的利益，并说了出来。

几番争论之后，她说：“你走，不能进教室。”我就想啊，我这不就自由了吗？于是在心里哼起了歌，没有听到她下一句话：“站在教室外面。”我立即打电话给父母说了这件事，眼泪终于还是忍不住地流淌。在妈妈同意的情况下，我在校园里游逛，等她来与老师沟通。我将校园里所有我没去过的地方都走了一遍，同时感慨于外面世界的自由——那些自由的学生到底来自哪些年级？为什么我的生活总是有着重重束缚？

后来年级组长也来了，和班主任一起争先恐后地对我进行训斥，向我妈告状。我听着觉得想笑，于是开始数妈妈送给老师的花。妈妈尽可能地使这件事情的影响减小，我也收到了各种警告。第二天我在班上公开对老师道了歉，但当天晚上依然觉得这事说不过去。班主任到底是怎么想的？我们犯着同样的错误——毫不让步、锱铢必较地指责对方——为什么待遇却判若云泥？

以下是班主任的观点：一、我没有担当；二、我喜欢诡辩；三、不尊重老师。我之前也与别的任课老师有过争执。

妈妈替老师告诉我，我将会被公开批评，这实在令我受不了，这对我声誉的打击非常之大，我认识的95%的人都会知道……在这个晚上我的眼泪一次次地决堤。生活，真的没什么意义了。我想第二天一早就去医院，去找心理医生，诊断个抑郁症啥的。因为只有疾病才能够让学校注意到老师的过错——就如同我重感冒了，才能够让我的父母重新认识我们的矛盾。

我意识到我应该主动梳理，于是我找到妈妈，她是我目前最信任的人。她说，首先，××的心理医生没有比得上她的；其次，我和老师的身份关系是平等而又不平等的，这件事，我只能认了。并且，我以后一定不能给自己顶撞老师找理由，我没有机会了，下次我将会得到处分。

这背后的道理令人琢磨不透，但第二天我还是心平气和地接受了——这主要归功于回老家给我带来的安慰。但是，我还是想参透背后的矛盾与道理——这将是我今后行为准则的参照。期待您的回信！

布达

* * *

布达：

首先，让我向你的所有语文老师致敬，你的文字已经极度成熟。其次，也要向你致敬，你不努力阅读写作，语文老师水平再高也没用。任何一个学生的任何一个进步，都是教、学双方彼此配合、共同努力的结果。

要解决你的疑问，先要准确理解“双减”——进一步减轻义务教育阶段学生的作业负担和校外培训负担——这是我国教育方向性的重大改革，不是小打小闹的权宜之计。也就是说，不存在拖一拖，等风头过去，又回到从前。老师、家长、学生及相关从业者只有完整、准确地理解它，才有利于自己的教或学。这个理解，不是短时间能够完成的，需要摸着石头过河，在实践中完成。所以，各种举措在实施的过程中，总会存在偏差，可能过严，可能过松，可能有用，可能有害，需要不停调整，最后达到科学的平衡点。世上的事，尤其是难事，不可能下一个文件，打一个举报电话，就能马上解决的。一个人意识到这点，往往是成熟、务实与有深度的体现。

“双减”之前，教育趋向于“双重”，作业负担与校外培训负担越来越重。学生的生活里只有上课与作业，休息不足，缺乏运动，与家长的交流互动不足，逐渐成为发展得非常片面的人。即使成绩好，也很容易不健康、情感冷漠、缺乏生活常识与自理能力。更重要的是，孩子的教育重心，慢慢趋向于培训班，脱离学校的正统教育，也脱离良好家风的熏陶。孩子观念的形成更多来自形形色色的培训班，观念一歪，人生就歪，这个风险，是家庭和国家都承受不起的。

“双减”的目的，是给孩子更高质量的教育，是提高家长、老师与学生配合的默契度，是在教育上有更真诚的投入。很多孩子，甚至家长和老师，都把“双减”理解为不要严格教育，不要考试，不要作业，消极“躺平”，这是错误的。这样只能让教育质量迅速下滑，中国强大的公立义务教育体系就会变成“放羊”式的西式公立教育模式，自废武功。中国人是不会犯这个错的，包括你的老师，大家一定会找到办法完成“双减”改革。

不得不说，这个改革，老师要付出最大的努力，因为他们现在很多正常的教学内容都会被挑剔。比如，在开学之初，摸摸底，掌握一下长假之后学生对知识遗忘的程度，以利于更好地设计教学内容与进度——这就是开学当天的“入学考试”的作用，是负责任的、科学的操作。老师只不过是用了“考试”这个名字，让人抓住了把柄，如果正确地用了“课堂作业”的名字，有什么可举报的？因为举报，正常的教学内容十多天完成不了，老师是很痛苦的。一个班学生那么多，再加上家长，善意的、恶意的、理解教育的、误解教育的，时不时举报一下，老师什么事都做不了。

教学是需要权威的特殊活动，剥夺老师的主导地位与权威，教学活动开展不了。就像西方一些公立学校，学生在自由平等的旗号下，辱骂甚至殴打老师，负责任且有钱的家长，一定会把孩子送到有纪律约束的、老师有权威的私立学校去。

在中国传统文化中，老师的地位是很高的，“天地君亲师”。

因为我们深知老师的重要性。一个孔夫子，就是半部中华文明史。毛泽东，也最想当老师，最喜欢人家叫他“教员”。有一个好老师，就有无数孩子的好人生。但是再好的老师，学生不配合，偏要跟他作对，也没用。要挑老师的刺，怎么会找不到？孔夫子也有毛病，也会说错话，做错事。所以，尊师才是重教的前提。你这么聪明，又有勇气，还有计谋，懂得“以病压人”，跟老师作对，常常能找到由头举报老师，没有一个老师能赢你，但这样做的后果就是大家都输了——老师寒心，应付教学；学生放纵，浪费时光。这绝不是“双减”想要的，真发生这种事，多年以后，你也会无比懊悔。妈妈的提醒是对的，从现在开始，不要刻意对抗。尊重老师的教学，永远是学生应尽的本分。以这种合作的心态，你更能帮助老师提升教学水平，就像你认真写出好作文，得到正反馈，语文老师的作文教学水平也会更高一样。

祝开心。

连岳

我想养宠物，但妈妈不让

| 2022.3.27

连叔：

您好！

我是一名五年级的小学生，我的爸爸妈妈都很喜欢您，我也读过几本您的书。最近我总是在想一个问题：养宠物重要吗？

我的妈妈十分讨厌宠物，一次我爸爸带回来一只小鸽子，我很喜欢，但妈妈很是反对我们养鸽子。我们无奈，只好把鸽子放到车库，可第二天鸽子就被野猫吃了（小鸽子才三十多天大，不会飞）。

从那以后，我就开始觉得妈妈没有怜悯心，开始讨厌她（现在不讨厌了，就那一时半会儿讨厌，但我不喜欢妈妈的这个缺点）。

我就想问一下连叔：养宠物对不对呢？（本人觉得宠物十分乖巧、懂事、听话、忠诚。）

一名想养宠物想到疯的小学生

* * *

一名想养宠物想到疯的小学生:

野猫吃了鸽子, 这对鸽子来说, 是个大悲剧, 还让你怪罪妈妈没有怜悯心。

但站在野猫的立场, 你妈妈就是给它食物的大善人, 充满怜悯之心。你应该也爱猫吧?

你看, 同样一件事, 换个角度, 多想一步, 可能有不同的结论。当我们获得这个思考方法, 养成这个思考习惯后, 就会更聪明、更智慧, 也会有真正的怜悯心。

现在用这个思考方法来分析你的问题: 养宠物对不对呢?

你爱宠物, 从你的角度看, 养宠物当然是对的。

但对一个成熟的成年人来说, 除了爱, 还要考虑其他很多问题: 比如健康问题, 有些人会对某些动物过敏; 比如心理问题, 有些人恐惧、害怕某些动物; 比如时间问题, 有没有足够的业余时间照顾动物? 比如经济问题, 养宠物可能带来沉重的经济负担。最后要不要养宠物, 得听妈妈的, 她考虑过这些问题。

有些人没考虑过这些问题, 一时冲动养了宠物, 冲动消失了就遗弃宠物。

有些人倒没有遗弃宠物, 但因为没有这些思维维度, 所以极度自我，认为“我的宠物别人也要爱”，放任自己的宠物任意便溺，骚扰、惊吓他人，变成公害，还以为自己特别有爱心。这类人多了，整个社会的道德水准与智力水准都会下降。养出这样的孩子，父母是失职的。所以，你妈妈敢于坚持自己的原则，为你提供另一个思考角度，是在尽职，是爱你。再说了，不把动物关起来，让它们在自然界自由自在地生活，这难道不是更有爱、更有怜悯心吗？至少，我们不能说不养宠物的人就没有怜悯之心。下这种判断是无知的，不负责任的。

在你的成长过程中，还将在许多观点上和妈妈爸爸发生冲突。有时你对；有时他们对；有时都对，只是角度不同；也难免有时都错了。冲突本来就是理解事物的一个途径，父母作为监护人，他们是不能回避冲突的，必须说出他们真实的想法，这样才能指引你。事事顺着你，你会变笨的。所以，发生冲突时，不要恨他们，一分钟都不要，一秒钟都不要，尝试用他们提供的角度考虑一下问题，你变得又聪明又有教养的速度就会加快。

不要恨你的妈妈，她极大概率是世界上最爱你的人。

祝开心。

连岳

巧言令色，缺乏耐心，必遭失败

| 2022.3.31

连岳叔叔：

您好！

我是一名六年级的学生，我平时一直在看您的文章，学到了许多，也看了您的《少年问答》，受益匪浅。

我一直有几个问题想要问一下您。就在昨天，我在iPad上下载的小红书被我妈妈发现了。令我惊讶的是，她并没有像往常一样训我，或许，是因为我真正意识到自己错了吧。一直以来，我的妈妈教育我的时候，我都假言假意地承认错误。那么昨天，又是什么使我真正意识到自己错了呢？妈妈以前揍我，是不是其实知道我是假言假意在认错呢？

唉，说了半天，我始终没说到点子上，说白了，其实我一直有不为人知的一面，没有向别人展示过的一面。又或许，我是从最近才有这一面的——因为我发现，我的青春期到了，妈妈的更年期到了，爷爷也开始健忘了。写到这里，我才发现，我在乎的人不知不觉变了好多呢……我自己，也变了好多。

我开始能够理解为什么妈妈不给我手机了；我与家人吵完架后开始懂得后悔了；我甚至不再像以前那样看到自己喜欢的明星出现在广告上就变得疯狂了……

然而全部的这些改变，都发生在这几天。

连岳叔叔，请问，突然间变了这么多，我该为此感到高兴吗？有不为人知的一面，是正常的吗？当更年期母亲遇上青春期孩子，该如何取长补短、和平共处呢？

就像朱自清先生在《匆匆》中疑惑的，我又该如何在飞逝的时间中做有意义的事呢？

一个迷惑的人儿

* * *

一个迷惑的人儿：

几天内，突破了，长大了，这当然是值得高兴的事。记住这感觉，它在你的一生中会多次出现。

家庭教育，学校教育，自我教育，目标都是一样的——追求人的成长。

人的成长，分成两个阶段。

第一个阶段，叫“数年如一日”。表现为静止，重复，变化不大，进进退退，拉拉扯扯。练习了还是生疏，批评了照样犯错。作为孩子，有时做得太过分，难免被骂一顿，甚至被适当体罚。

这个阶段考验教育者与被教育者的耐心。主要是教育者的耐心。没有耐心的教育者，以为说一次道理，管教一次，孩子第二天就成了一个新人，从此万事大吉。那百分百要失望，失望了就放弃，放弃了孩子自然不成长，教育于是失败。道理要讲一百次，管教要进行一千次，一百次一千次不够，那就再来一百次一千次，这才是耐心。到你成年以后，你是自己的教育者，对自己也要有这种百次千次的耐心，这样你对孩子才有百次千次的耐心。

有耐心的人将迎来成长的第二个阶段，叫“一日如数年”。就是你这几天感受到的，突然想通了，懂事了，体谅父母和他人了，大气了——目标达成，你成了一个“新人”。

第一个阶段是量变，第二个阶段是质变，没有量的积累，不会有质的变化。

到了第二个阶段，又在更高水平上进行量的积累，再度“数年如一日”，以等候下一次“一日如数年”。这个螺旋上升的过程将贯穿成功者的一生。

人很容易失去耐心，再聪明的人失去耐心，都会螺旋下降，慢慢变笨，一事无成。资质一般，甚至看起来笨笨的小孩，只要有耐心，都会越来越聪明，成就一番事业。得到并保持耐心最好的办法就是真诚。骗人、作弊、偷懒、巧言令色，都是常见的不真诚，暂时尝点小甜头，代价却是从此失去了耐心。孩子真诚的最好标准就是父母在与不在一个样，老师在与不在一个样。当然，一下子完全做到是不可能的——父母、老师不在眼前，难免放松一点，甚至犯点小错——但有这个追求，就会自我纠正，小错不会变成大错，只会变成“微错”，最后不错。达到这个境界，你年纪再小，都是了不起的人。

祝开心。

连岳

不必嫌弃自己，找到用好自己的方法即可

| 2022.5.26

连岳叔叔：

您好！

首先感谢您能看我这封信。

我是一名初一的学生，今年九月就要上初二了。虽然我已经这么大了，但我还是像小孩子一样，什么事情都要父母帮我决定。例如每天穿什么衣服，用什么橡皮筋扎头发，甚至回家先做哪一科的作业都需要问妈妈，并且问过之后还要仔细思考才能决定。当我身边没人可以问时，比如只有我一个人在家的时候，我做决定就更慢了，有时甚至能用半个小时来思考一件小事，从晚上十点一直思考到十点半的情况常常发生在我身上。我觉得这样很累，也很费时间，我知道拖延的坏处，但我就是改正不了这个做事犹豫不决的毛病。有的时候我把妈妈问烦了，她会非常不耐烦，

我也很不高兴，因为我没有得到问题的答案，还把别人的心情弄糟了。我有时站在妈妈的角度来看我，会觉得自己就是有病，而且还很难医治。

另外就是当我解决问题之后，我会觉得被我放弃的另一个选择看起来更好。可转念一想，我又觉得第一个选择好，于是又开始冥思苦想，很浪费时间。一次次这样的经历让我做选择时越来越难了，最后都是父母帮我做决定的。虽然我也知道自己终有长大的一天，父母不可能永远帮助我，但我每每需要选择时，还是老样子，并且最近这种现象变得愈发严重，我心里感到非常焦虑和烦躁，做出选择后还是不高兴、不满足。

我现在真的非常讨厌做选择，但又不得不做。我该怎么办啊？希望连岳叔叔能够帮帮我。最后祝您和您的家人身体健康！

一名苦恼的初一女生

* * *

一名苦恼的初一女生：

每个人天生都有自己的特质，没有完全相同的两个人——即使是双胞胎——这就是人有意思的地方。

我们一生的价值，往往体现为用好自己的特质。用得好，是我们的竞争优势，用不好，才会变成“病”。

你的特质是谨慎。谨慎在当下是很宝贵的特质，因为我们处于信息时代，每时每刻都有潮水般的信息试图占领你的心智，而这些信息中，又有大量虚假的、丑陋的、邪恶的，稍不谨慎，心智就会被误导、被污染、被杀害。现在孩子的成长风险，是大的。谨慎的孩子，更能避开这些风险。

当然，谨慎过度，不能当机立断，那就浪费了这宝贵的特质，让它变得不值钱了，甚至成了“病态”。这很可惜，你的特质明明可以让你领先，却在实践中拖了你的后腿。

不过不要怕，你这个问题，中华文明史，也是人类文明史上最伟大的老师之一孔子，亲自解答过。当时鲁国大夫季文子，以“三思而后行”著名，凡事都要想三次、想多次。孔子知道他像你一样，过于谨慎，太难决断，就建议他：你想两次就可以行动了。这建议同样适用你，适用一切过于谨慎，以致选择困难的人：如果第一个选择让你下不了决心，那么，就按第二个选择去做（即使第二个选择是回到第一个选择）。二思而行，能把谨慎的特质发挥得最好，让你领先的速度最快。

祝开心。

连岳

作弊之后

| 2022.5.31

敬爱的连叔：

您好！我是一名初中生，由于疫情，现在学校在进行线上教学。我们学校有“周周练”的传统，即使是线上教学，老师也会坚持通过视频会议监考。出于虚荣和一些想要投机取巧的心理，我在一次周练中选择了作弊，侥幸没有被老师发现。在出成绩的时候，我得到了一个自己都没有想到的极高的分数。虽然作了弊，但我也认为这个排名过高，有点不安。

讲评试卷时，老师当着全班的面表扬了我，甚至我的一些朋友也来向我祝贺。因为与我平时的水平过于不符，也有很多怀疑的声音。一想到平时相处得还可以的同学此时会怎么想我，我就更加难过和愧疚了，觉得这样的行为对他们来说过于不公。在考试时我就已经想到这些问题，但实在克制不住作弊的冲动，我对好成绩的渴望实在过于迫切。

我很清楚那些作弊得来的成绩并不是我真实的成绩，而是一个谎言，此后更需要无数的谎言去圆这第一个谎言。我也很愧疚和痛苦，不仅是因为对自己做出不道德行为的悔恨，更是因为同学们的质疑和厌恶，以及老师们的怀疑。一想到大家的这些心理，我就会极度痛苦，甚至有轻生的念头。可怕的是，我至今仍不知道如何克制自己对这些虚荣的渴望与冲动，我害怕下次还会做出这样的行为，受到良心的谴责。

希望连叔能给我提供一些建议。

希望您生活安好。期待尽快得到您的答复。

一个痛苦的求助者

* * *

一个痛苦的求助者：

因为这次作弊，你如此愧疚、痛苦、自责、害怕，其实表明你已经受到了相应的惩罚，犯的错可以翻篇了。你的老师，看到你这心路历程，也会放你一马，不至于追加惩罚。教育怕的不是孩子犯错，怕的是不知错、不知改。

如果你不继续作弊，这次作弊也就“瞒天过海”了。下次测试你的成绩回到正常水平，在他人看来，你这次是超常发挥，走了运。成绩大起大落，在学习中也不少见。但是你如果继续作弊，连续几次成绩很好，就会受到高度关注，成为老师与同学眼里的优等生，回校考试时无法作弊，现出原形，所有人都将知道你之前的好成绩是作弊得来的，那真就无地自容、难以翻身了。

还有一个更完美的过渡方法，让坏事变成好事。就是你从今天开始，玩命学习，迅速提高真实的水平，每次测试都进步一点，在不久的将来，你不作弊也能考出现在作弊的分数，那就彻底没有心理负担了。

你这次体验到了取得好成绩是多么开心——老师表扬，同学祝贺。所以再苦再累都值得好好努力，只要实力到了，就能天天过上这样的日子，岂不美哉！

祝开心。

连岳

我千辛万苦地爱你们

| 2022.6.9

连岳叔叔：

您好！

我是一名四年级的小学生，今年十岁，妈妈经常给我读您的文章，我也看过您写的《少年问答》。今天，我是来请教您问题的，我想请教您的问题不是学习方面的——虽然学习问题也令我苦恼——而是我睡觉的问题。平时姐姐在家，我都是和她睡，可姐姐只有周末或者放假时在家，所以周内都是我自己睡。不过最近我经常看一些恐怖的视频，导致我总想和父母睡。

有一次，我晚上想上厕所，上完后我又感觉太黑，不敢回去，我就叫妈妈。妈妈起来把台灯打开，不过还是很黑。但是妈妈感冒了，不能陪我一起睡，只好让爸爸过来，就这样，维持了一周。后来的一天晚上，我被噩梦吓醒了，之后我想赶紧睡着，可就是睡不着，连续几天都是这样。我的疑惑是怎么样能忍住不看那些恐怖的视频呢？怎样才能克制住，不跟父母睡呢？望连叔帮我解答。

祝连叔身体健康！长命百岁！

flower朵朵

* * *

flower朵朵：

你看恐怖视频的动机是因为你的爸爸妈妈很温柔，你也很爱他们。

听起来很奇怪，但把事物发展的链条梳理出来，就不奇怪了。

一、很爱爸爸妈妈，不愿和他们分开，想和他们一起睡。

二、但是你十岁了，是大孩子了，没有理由和他们一起睡了。

三、除非……

四、你生病或者出现异常情况，比如……

五、做噩梦或者晚上怕黑。

六、可正常的孩子总是极少做噩梦，在自己家也不太怕黑。

七、除非受了刺激，比如……

八、看了恐怖视频。

所以，看了恐怖视频的结果就是妈妈或爸爸会陪你睡，你自己，包括任何人都不会“嘲笑”你，毕竟有了正当的理由。

你在潜意识里千辛万苦，曲曲折折地爱你的爸爸妈妈，挺让人感动的。我觉得，可以表达得直接一点，虽说各种学术书、成长理论都要求十岁的孩子自己睡，但尽信书，不如无书，真想和爸爸妈妈睡，一个星期，就直接提一两次要求，让他们满足你。我也建议他们满足你。我认识一个姑娘，和外公外婆感情很深，一直到读初中，寒暑假与外公外婆团聚，还死乞白赖地强行在外婆床边加搭床板一起睡，大家也拿她没办法。我的意思不是你到初中都会如此，很少有孩子对长辈的甜蜜依恋能维持那么久，一般来说，再过半年或一年，你还是很爱爸爸妈妈，却可能变得矜持起来，再也不愿意和他们一起睡了。好好享受这段时光，爱无固定的模式，有的孩子，就是想和爸爸妈妈睡得久一点，那就久一点。这没有错，只有暖。

祝开心。

连岳

孩子的经济课

| 2022.6.20

连岳叔叔：

您好！

我是一名五年级的小学生，这几天一直有一个问题困扰我，就是关于合作和分成的问题。

前几天一股想自己赚钱的冲动从我心中蹦出。我问了妈妈，妈妈也非常支持我，我决定把我小时候的旧玩具和看过的旧书卖了。

后来，我又找到了一位志同道合的好朋友，上四年级的小A，她也有和我类似的想法，所以我爽快地同意了她和我一起做小生意。

那天晚上，我和小A一起到小区楼下的小广场摆摊，我们的摊位受到了许多小朋友的欢迎。有一位小朋友看中了我的手指陀螺，吵着让他爸爸买，我对小朋友的爸爸说卖六块钱，结果他爸爸嫌贵，不给他买(其实六块钱不算贵，原价八块钱买的)。小朋友就一直哭，他爸爸就假装要带他回家，小A看情况不对就急了，只好降价，最后以两块钱的“高价”卖给了小孩的爸爸。我有点生气，但是卖出去也不好反悔。事后我生气地问小A:“你为什么才卖两块钱给他?”小A反而更生气地问我:“你就不懂察言观色吗？人家都要走了，你还卖什么?”我说:“你才不懂察言观色，他爸爸是骗我们的，是故意假装要走，然后等着你降价再买。”小A总是认为我的定价太高了，她认为一两块钱就行，所以我就不让小A继续管钱了。最后，在我们的共同努力下，共赚了十六块钱，我开心极了，在我看来，这是一笔“巨款”了。

我答应给小A三成，我干脆地给她五块钱作为报酬。小A看了看我手里的十一块钱，突然有点不乐意了，她想要七块钱。然后我们遇到了我的另一位好朋友小B。小B了解情况后也认为我应该给小A七块钱，理由是小A给我壮胆，还帮助了我。但我认为所有的物品都是我自己的，小A只是出力，而且我们都没经验，壮胆是相互的。一开始也是小A自己说的她要三成，当时两人商量好的分成方式就不应该再更改，所以给她五块就不错了。唉，早知道我们当初立个合同就好了。

我们吵了半个多小时，最后我让步了，给了小A七块钱。结果让我没想到的是小B找小A要一块钱的官司费！小A只好给她了，最后小A实际只得了六块。后来我和小A又合作了很多“生意”，我们尝试过帮懒得下楼的人送快递、卖小玩具、卖气球等。我们平时还会收集旧书、废纸、快递盒等，每周卖一次废品。

连岳叔叔，我想知道，那次摆摊的争执中，我们两个到底谁对谁错，合作做生意的时候到底怎么分成才公平合理，如果合作伙伴改变主意、想要更多了，我应该怎么办。我还想知道，小学生到底应不应该做生意，尤其是卖废品，小区叔叔阿姨的钱可不可以赚？

祝连岳叔叔开心。

钱钱

* * *

钱钱：

关于小学生做生意，我有几个建议：

一、要分清主次。什么时候都不能忘了小学生的主要任务是什么。小学生的主要任务是学习。其他一切，都要服从于这个主要任务。时间、精力要优先用来执行学习计划。如果因为做生意把学习耽误了，那就是主次不分，因小失大。

二、小学生当然可以做生意。做生意是有价值的社会实践。

三、我不太赞成攒纸盒、卖废品之类的生意。它没有技术含量，你学不到什么，又容易把家里搞得太脏，不美观、不卫生，也不安全（比如增加火灾隐患），得不偿失。还有，很多人视这些为相关保洁人员的补助，是对他们工作的感谢，我觉得这种默契合理、必要、温暖。

四、你和小A这种发生小小分歧与争执的生意，就能让你学到不少东西。生意简单地说，就是产生利益、分配利益的工作。而涉及利益时，人是最难协调的，他们总想着扩大自己的利益。你想到事先订合同，白纸黑字写下来，就是一大进步。比如这次争执涉及的分成比例，它涉及商品（你从家里拿出的物品）与劳动投入（小A的工作）的占比；还有商品定价权（在一定基础上的浮动范围，太贵了卖不动，坏名声，太便宜又会亏本），这些都在合同里写清楚，争执就不会发生。经历了这次争执，下次就可以避免出现类似的问题，是很大的收获。所以，不必害怕在实践中出问题，没有问题，就不会想办法，也就不能变聪明，无法进步。

五、这次最大的问题，你还没意识到，那就是你还没有成本意识。你收到的十六块钱，不是你赚到的利润，只是你的营业收入，扣掉成本才是利润。成本是什么？这些东西原本是父母买的，应该给予他们一定的补偿（他们或会豁免，但你应该主动提出），不然的话，父母给你的东西，你转手以极低的价格卖掉，很容易操作，表面上你赚了钱，实际上是贱卖家庭资产，亏了大本。营业收入是不能拿来直接分成的，只有扣除了成本后的利润，才能够分成。十六块钱的营收扣除了成本后才能拿出来分，多则多分，少则少分，亏本就得分摊损失，这样才是公平的。当然，这次分出去的钱就不必再去讨要回来，学到了计算成本就是你这次的“利润”。一切都有成本，凡事不能忘了这点，这也是这次生意能给你的最有价值的真理。

祝开心。

连岳

我胖吗？

| 2022.7.15

连叔：

您好！我是一名五年级的小学生。妈妈给我买了两本《少年问答》，我看到您解答了很多小朋友的疑问，我也想把我的烦恼跟您说说，殷切盼望能得到您的回复。

最近几个学期我真的有很多烦恼。我的学习一般般，身材有一点胖，在学校里甚至连好朋友也会开我的玩笑。我也想瘦，但我却怎么减也减不下来，我真的很困惑。我们班的一个女生学习特别不好，但因为她很瘦，而且长得也不错，所以很多人都会围着她转。

我是学舞蹈的，我的好朋友也是学舞蹈的，因为她特别特别瘦，所以她老说我胖，我真不想和她做朋友了。

我不知道该怎么跟我周围的同学相处了，我不知道别人这么说我的时候我该怎么办，希望您看到我的来信一定要帮我解惑。这个暑期我给自己定下目标，一定要瘦十斤，我对自己非常有信心，只要我坚持努力，每天早上跟妈妈一起出去跑步、跳绳，多游泳，多打羽毛球，少吃甜食，我就一定会瘦下来的。九月份开学的时候希望我能达到自己定下的目标，新的学期一定要让自己成为一个全新的我！

盼望能得到您的回复！

一个烦恼的小女孩

* * *

一个烦恼的小女孩：

我对你也有信心，只要你“坚持努力，每天早上跟妈妈一起出去跑步、跳绳，多游泳，多打羽毛球，少吃甜食”，就一定会更健康。即使完成度只有七八成，无法“每天”做到，也很了不起。一个中长期计划（暑期计划是中期计划），一般不可能百分之百完成，由于一些主观、客观的原因，总有些天会出现没完成计划的情况，此时，有些人灰心失望，破罐破摔，自我否定，然后彻底放弃计划。不要犯这种错误，重整旗鼓，明天接着做就是了。

你可能注意到了，我认为你按计划过完暑假，会“更健康”，而没说你会“更瘦”。为什么呢？就算你自认为胖，也举了同学笑话你胖的例子，可我还是无法判断你是不是胖。只有知道你的身高与体重，由此得出BMI（身体质量指数），才能判断你是不是胖。如果BMI显示你健康，那么，再多同学笑话你胖，你也不胖。反而可能是你待在一个周围同学过于瘦弱的环境里，因此显得胖。说这话的意思是，我们不要轻易被舆论左右，只要我们自己是健康的，那么，舆论怎么说我们，都不必害怕。太多舆论是随意的、片面的、人云亦云的，甚至是捏造的、有恶意的、诽谤的。我们自己不能这样发表意见，有些人却由于本性不好，或缺乏教养，会这么做的，而且还会将之当成竞争手段使用，这是世界真实的、残酷的、丑陋的一面。如果我们看重他们的意见，那就会变成他们的“猎物”。

无论你是不是胖，你的暑假健身计划都很好。即使BMI判断你真的胖，这个计划也能让你瘦下来。胖不可怕，可怕的是一旦胖了就控制不了体重，越来越胖。一个人胖了，马上制订并实行计划，让自己恢复到标准体重。那么，胖就让他完成了一个从胖到标准体重的过程，收获了、增强了自律。有这经验，在以后的人生中，他就更容易从失控回到可控，从非标准回到标准。太胖了，他可减肥，太瘦了，他可增肌；摔倒了，他可再站起，失利了，他可再胜利。

不要怕胖，也不要怕任何不利处境，我们可以把它视为增强我们自律性和韧性的大好机会。

祝开心。

连岳

我们应该怎样看待死亡

| 2022.8.17

连叔：

您好！

通过您的公众号，我找到了许多与我生活、学习相关的问题的答案，但唯独没有找到这个问题的答案，希望这次能得到您的解答。

去年银杏最美的时候，爷爷去世了，对于从未经历过亲人离世的我，这无疑是个巨大的打击。当时恰好是周末，爷爷下葬后，我无法平复我的心情，心像是被捅了个大窟窿。于是周六到周日晚上，我都将自己锁在了房里，实在忍不住要崩溃的时候，就拿手机麻痹自己。可这样难过的时刻，我却是在母亲的责备中度过的——因为学校每周末晚有考试，不去的话会耽搁学习进度（试卷会评讲个两节课左右）。第二天早晨我回了学校，原因是耽搁的课多了，欠的账多了，就跟不上同学的脚步了，这次是我主动去的。父母也是同样的，第二天照常工作。最后一次见爷爷，是在他去世前一个月。因为周末补习从周六上午开始，到下午三点半结束。然后我坐地铁回家，开始写作业，直到周日。我当时一心想着学习一周该休息半天——因为周日下午两点半返校，车程一小时，意味着吃完午饭就要走——所以这段时间因为繁忙，同时也因为我的自私，没有去看过爷爷，到现在我都一直处于对他的愧疚之中。

现在仍是这样，不过我现在会尽量在空闲的时间去看老人。周末是看奶奶和外婆，放大假就去看二爷爷，但每次也只有一两个小时。于是我的思维陷入了旋涡，我认为在社会压力与时间飞逝的双重力量下，几乎没人能与时间对抗，对这样的现状我很无奈，也很不满。

考上好大学，找到好工作，我知道这些东西有多么重要，因此我从没有放弃过努力。那之后呢，父母老去，亲人离去，而现在陪伴的时间，是远远不够的（至少在我看来）。于是我想，我是不是成就了自己，却放弃了我爱的人呢？但我不得不这样。我很矛盾，不想回头望走过的路时，看到的是父母老去的容颜与沧桑离去的背影。我不知如何走出这样的思维误区，在这个误区里，我认为人们被碾轧在了社会进步的车轮下面，在我能看到的现实中，与亲人相聚、陪伴的时间会随着长大越来越少，直到中年时期，时间才会变多，当结束奋斗的时候，时间才会变多。

现在的我带着这样的心理彻彻底底输给了时间，希望您能给我一些指导。

十分感谢您看完我的疑惑。

一个好像输给了时间的高中生

* * *

一个好像输给了时间的高中生：

爷爷去世后，你花更多时间去看望奶奶等长辈。你看，这就是死亡这件事对一个人的正面影响，它不全是坏事。

死亡是什么？其实它是最大的公平。人过完了一生，就会死亡。这一生大概就是平均寿命，去年中国人的人均寿命是78.2岁，一个人的时间资本就这么多。当然，不可能绝对公平，比如有人活到了100岁，有人只活到了60岁；人均寿命也在增长，未来的人会比现在的人活得更久，这都有点不公平。但无论如何，人总是要死的，再富、再贵、再美、再聪明的人，最后都要死。死亡是无法抗拒的，再害怕、再悲痛、再不舍，死亡也不会停止。

死亡提醒我们多陪伴家人，多爱自己爱的人。天天陪着，一刻也不分开，这是爱的最初状态，孩子依恋妈妈就是如此。但这并不是爱的最好状态。孩子到了17岁还是天天黏着妈妈，妈妈喜忧参半；27岁依然如此，妈妈开始害怕；37岁照样只有妈妈，妈妈就要绝望了。让孩子逐渐独立、强大、成家立业，这才是最好的爱。一个强大的孩子，妈妈会在乎临终前看不到最后一眼吗？不会太在乎的。你越强大，越受尊重，越有作为，你妈妈越感受得到你的爱，她越不怕死——你身上有一半她的DNA，你还替她骄傲地活着。

为什么所有的父母都希望孩子努力读书，能有大作为？就是因为渴望达到爱的最好状态。现代人好多了，有飞机，有高铁，一日可行千里、万里，随时可以回家。古代有出息的孩子，一离家可能就再也见不到父母了，生离即是死别。从这个角度可以理解，社会进步不会碾轧人，它从来都是解放人。不要害怕，好好读书，先把当下最重要的任务——爱亲人完成。在人生的每一个阶段，做好该做的事，就是爱。相反，浪费时间，阳奉阴违，投机取巧，不负责任，其核心，都是不爱，不爱你自己，也不爱亲人，生相当于死。

祝开心。

连岳

慷慨不是用来讨好人的

| 2022.8.31

连叔：

您好！

妈妈去年买了《少年问答》送给我，一见之下，大为喜欢，我感觉又多了一位人生导师。您总能察人所未察，说理还总是那么亲切熨帖，令人钦佩不已。

我是一名高一学生，就读于弱省强校。我们中学在当地社会美誉度很高，近些年发展势头也很猛，这得益于学校主抓学科竞赛且有了一些不错的成绩。我从初三开始接触物理竞赛，很喜欢，除了微积分部分感觉有点难度，其他方面学起来都比较轻松。由于初中还没有大赛经验，目前没有拿得出手的官方成绩，但学校主抓竞赛自然会有各种评估检测手段来考察我们的水平。目前，我的状态与成绩都还不错，在各类物理测试中稳居校内第一

（参数含高年级）。但是，我毕竟只是校内第一，没有和全省“大牛”PK过，更不要提和全国的“大牛”同台竞技。我知道我要走的路还很长，还需要付出更大的努力。

9月18日就是国初考试（中国物理奥林匹克初赛）的日子，大考在即，我却遇到了一件令我非常苦恼的事情，希望得到连叔的点拨。

目前是大赛前的冲刺阶段，同学们都在紧张地复习备考，由于我平时的表现比较突出，同学们遇到各种学习问题总要来问我。有些同学比较聪明或者问题比较简单，花几分钟时间就能解决，我还是乐于解答的，但有些同学基础没那么好又比较爱钻牛角尖，提出的问题奇奇怪怪，我反反复复地讲，他们还是听不懂。我的时间与能量都被消耗了很多，我心里很着急，因为我自己也要复习备考。我想拒绝回答但没有勇气，因为我不希望大家觉得我好像是不愿意帮助他们似的。连叔，不知您有没有觉得，学习成绩太好的同学本来就有点形单影只。我心里非常渴望和大家打成一片，能帮就帮，大家共同进步。可是，我的时间不够用啊，没时间系统地复习备考，我心里也很慌。

智慧的连叔，大赛备考时间有限，我想不受打扰好好复习，又想不得罪同学，我该怎么做呢？

若得回复，幸如何之！即颂，秋安。

牛牛同学

*　*　*

牛牛同学：

三种方案供你参考：

一是考试前几天，让老师给你几天独处的假期，或待在家里，或在校园找个空间，自己系统地、深入地备考。

二是改变方法，当过于纠结的同学带着过于简单的问题来问你时，你可以说，先让我完成手头这个题目，半小时后我们再讨论。这样，你可以掌控大块时间。这段时间里，同学自己思考一下，尝试一下，可能也把问题解决了，不需要再问你。这对同学也是有好处的，可以养成多想一想、多试一试的习惯，有这习惯，可以解决许多难题。

三是什么也不改，接受这种微干扰状态。它更接近现实状态，人生的挑战，几乎都是在有干扰的情况下完成的，不可能条件百分之百的完美。条件受限，但把事情做成了，往往才是真正的“大牛”。

再来聊聊另外一件事。

让我印象深刻的，是你的才能排第二，你很想和同学一起进步的慷慨排第一。

有才能的人很多，慷慨的人也很多。

但可惜的是慷慨的人往往无才，所以能给予他人的也不多。

有才能的人，慷慨的也不多，他们往往犯孔夫子所说的“骄且吝”之错。“骄”是恃才凌人——我的聪明是用来羞辱常人之笨的。“吝”就是举手之劳都不愿意付出，很怕别人得到，很怕别人变聪明，凡事斤斤计较，马上要回报。有这“错”的人，即使有“周公之才”（周公是孔夫子极佩服的人，常被用来形容一个人有大才能），一生也得浪费掉，没有可观之处。

你有才能，又慷慨，这是多好的人生起点啊。不过要记住，慷慨不是用来讨好人的。其实人是很难讨好的，有一些人甚至无法讨好。比如吝啬的人，要么利用你的慷慨寄生，无限占便宜，要么用他的格局理解你，总以为你藏着什么阴谋。一个人慷慨，不骄不吝，主要是“讨好”自己，这样做，我们的才能就可以发挥出所有潜力。这样，即使慷慨被误解，没回报，甚至被冤枉，我们也仍会慷慨。

祝开心。

连岳

被骂哭之后

| 2022.9.14

连岳叔叔：

展信佳！

我是一名刚升六年级的小学生，看您的文章已经好几年了，这是我第一次给您写信。

一直困扰我的问题有点过时，请连叔不要见怪。

我相貌平平，语文、数学成绩还算可以，体育极差，从未当过班长、课代表，在班里就像一个隐形人。

在“六一”班级“评优评先”时，班上的学霸不知为何，推荐我当“三好学生”。因为“三好学生”是“评优评先”的最高荣誉，所以我当时开心极了。

可我很快被现实啪啪“打脸”，在民主投票时，我以十五票反对票出局，被打入“冷宫”（也就是得了最低荣誉“校园之星”）。

其中一个心高气傲的女生的理由差点使我气吐血，她说我动不动就哭鼻子。我承认，我确实哭过鼻子，但是是她先嘲讽我跑得慢（说了一堆脏话），我才哭的。

回去后我向姐姐诉说，她安慰了我，并提议让我告状。但她不知道，告那女生状的人，都会被她的崇拜者打骂，让你不得安宁，直到你向她道歉为止。顺便说一句，所谓“崇拜者”，其实是她的一堆“男朋友”，隔三岔五地向她献媚。给我投反对票的都是她的“男朋友”。

连叔，这件事成了我的心结。如您能看到并回复我，我自然十分感激。

芋圆

* * *

芋圆：

你这次没评上“三好学生”，是好事。

因为“三好学生”是“评优评先”的最高荣誉，如果你得到了它，一下子成了明星学生，认识你的同学会马上变多，超出班级这个界限。得到最高荣耀的人，有一个重要的责任是激励他人，让其他同学与你比差距，在品格、意志、方法上向你看齐，从而带动所有人一起进步。但是，其他同学一对比，发现你“体育极差”，

“三好”至少没了“一好”，进而，他们又会怀疑你品德不好，靠弄虚作假上位，这样你德、智、体就剩“一好”。此时你得不到羡慕，反而会招来批评，比你现在的处境艰难百倍。你一走过，或许就有人在背后议论：这就是那个假“三好学生”！你一上体育课，又有人嘲笑：哪有体育这么差的“三好生”！连带着，其他班的同学还会瞧不起你们班，甚至怀疑你们老师的公正性。这种里外不是人的日子，你不会想过的。

所以，那个让你当不成“三好学生”的女生，其实是帮了你。你应该感谢她，而不是告她的状（当然，最后你也没告）。如果班上没这么一个敢表达真实看法，又有号召力的人，其他同学稀里糊涂把“三好学生”送给你，其实是把你架在火上烤，等你发现难受时，已经下不来了。当场把你骂哭，是狠了点，让你很丢脸。不过，在我这个年纪看，以我看过的无数人的人生为参考，这件事，给你的收获也很多，也是好事。从此以后，当有一个你很想要的东西摆在你面前时，你会想一想：我有没有资格得到它？——如果没有，你就要克制，努力到有为止。这是活出好人生的关键一问，它让人避免尴尬、被动、耻辱，甚至是灭亡。人生时时面临诱惑，现在有“三好学生”，将来有名声、金钱、权力，没有这关键一问，就容易上当，容易掉到坑里，你早早在六年级丢脸一哭，相当于打了疫苗，以后就会少了丢脸的麻烦。很多人都要过丢脸这一关，早点过好。

想要什么好东西，就要配得上它。接下来，把体育练好，再过一两年，初二或初三的时候，拿一个实打实的“三好学生”，征服这个曾经骂哭你的女生，这才是很酷的证明自己的方式。

祝开心。

连岳

受点小委屈，不是坏事

| 2022.11.20

亲爱的连岳叔叔：

您好！

我是一个五年级的小学生，在一次体育课上，我无意看到一个小女孩跳绳的时候裤子不小心掉下来了——现在是冬天，天气比较冷，所以我看到的是她的秋裤——我很快转移了视线，但还是被一旁的同学看见了。有一个调皮的同学故意编造谣言，说我侵犯了别人的隐私，还有同学跟着乱起哄。我感到很生气、很郁闷。虽然我跟他们说了，我是无意间看到的，但他们并不听我说的话，继续起哄，连我最好的朋友都信以为真，请问我该怎么办？

忧愁的小学生

*　*　*

忧愁的小学生:

你这封邮件,我特地放了一周才回你。为什么呢?

现在,同学们是不是不再议论这事了?你自己是不是也忘了?至少,不再觉得那么委屈了。

时间,是很多事情的答案。很多解决不了的问题,你先放它一周再说,不辩解,不着急,不害怕,它自然而然就消失了。

这事,你肯定没错。你没有侵犯他人隐私,你是被动地陷入了这个尴尬事件中的。侵犯隐私是主动地刺探、传播、夸大他人不愿意公开的私事。当我们被动地知道他人的这些私事时,不仅不是侵犯他人隐私者,还算是受害者,因为似乎被强加了某种保守秘密的责任。

这事,你受委屈了。更奇怪的是,你还辩白不了。若你拿着我的回信对同学说:"连岳叔叔都说我不是侵犯隐私。"同学们回忆起当天的事,继续恶作剧笑一阵的可能性并不小。这样,你不仅让自己,也会让那个当事的女同学更尴尬。

还好,受点小委屈,不是坏事。你以后能做大事,就得有受大委屈的能力。家人、朋友与大众暂时的不理解,敌人蓄意的造谣、抹黑,都可能发生在你身上,你不淡定,不隐忍,不忽视,那么,你就吃不下饭，睡不好觉，一天都过不了，更谈不上成大事了。而受大委屈的能力，就是从受小委屈培养出来的，效果类似于打疫苗。

在成长过程中，父母、老师都不可能故意给孩子受点小委屈，那样有点残忍，效果也不好。所谓的委屈，就得是意外发生的，这样心里才会真的觉得委屈。由于孩子特有的恶作剧，甚至由于他们还无法控制人性中的一些恶，他们会给彼此制造不少小委屈。像你这样摊上了，可以说是倒霉，也可以说是一次意外的成长，这更有利于你将来做大事。

祝开心。

连岳

2 驱逐心中的“黑狗”，构筑更强大的自我

中国人天然继承的大资产

| 2022.1.17

连岳叔叔：

您好！

我十岁半，在国外上学快三年了，现在在新加坡上国际学校，是一名五年级的小学生。我周一到周五差不多都泡在英语环境中，听的、讲的都是英语，只有在每天上午一小时的中文课上，以及周末和放学后才能讲中文、听中文。渐渐地，我的中文词汇量、造句能力、会写的字词就变少了很多很多。我有些时候说话，说着说着就不知道怎么表达了，家人说话时有些词也听不懂了，有时候还用英文讲话的方式倒着说中文。我很担心，我不止担心不会讲中文，还担心不会写作文。我不知道怎么才能不把作文写成流水账，不知道怎么写才能拿高分。

我学习、上课时手总是不知道放哪儿，一会玩玩手，一会抠抠手，一会摸摸头，一会抓抓腿，总之就是不知道放哪儿。总是摸摸这儿，摸摸那儿，上课不专心。我不知道如何把手放好，专心听课不开小差。

最后，我总是忍不住看iPad、手机、电视。总是看呀看呀，但看的时候，我又会想，万一我考试没考好怎么办？想去学习，但学习时，我又会想，要不看会电视？时间还早呢，一会学也没关系。我十分矛盾，学习时候想着玩，玩的时候想着学习。我遇到困难容易放弃，所以很难坚持做完一件事。我希望连岳叔叔能帮帮我，解答我的疑问。

谢谢！

需要帮助的Elsa

*　*　*

需要帮助的Elsa：

你问了三个问题，后两个是同一类，即如何克服分心。你不知道的是，你其实已经解决这个问题了。因为你已经发现了分心的原因是什么——上课时乱动的手，做作业时电子设备的干扰。那就倒回来解决，上课时把手固定放在桌上，做完笔记后迅速复位（老师一般会要求学生坐得端正，主要目的就是为了防止分心）；做作业时远离电子设备，在自己的房间或学习位置，不放电子设备。

分心问题是影响学习的主要问题之一，只要人有心，它就存在。你十岁半要防分心，一百岁也要防分心，活着就要防分心。谁能不分心，迅速收心，谁的学习就领先。防分心的办法，两千多年前的《大学》里说了："定而后能静。"上课时管住手，做作业时远离电子设备，都属于"定"，履行"定"的仪式，心就能静。

接下来说说你担心的中文水平下降的问题。这个心担得好，你的问题都是触及核心的大问题。能够表述清楚这些问题，说明你的作文水平不错。

每个中国人一出生，就继承了一笔独有的大资产——中文是也。中文除了使用者多，更重要、也更独特性的是，它的发展从没有断流过，没有剧烈地变形（仍然是象形字），没有被外来语殖民与取代。这说明什么？说明每一个普通的中国人都可以享受千百年来汉语发展的文明复利，就像上面说到的《大学》，"四书"，不是死的，不是只有少数专家才读得懂的，而是活的，是普通人还在日用的。我们常说的话，仔细想一想，都有几千年的功力加持，经过一代又一代人的验证与发展。只有傻子才会丢掉这笔资产。这也为我们指明了提升中文水平的一个好办法，那就是尽可能多地背诵古代经典，从源头获取力量。我现在每天也背一点, 但年纪大了, 往往背了很快又会忘记, 反而是在你这个年纪背的书, 记忆犹新。你要从现在, 记忆的黄金年龄开始, 养成每天背一点经典的习惯, 几则《论语》, 一首诗词。背了或忘, 忘了再背, 像刷牙、吃饭一样每天坚持, 最后必然能学好中文。而且收获好中文是小, 收获好人生才是大。

祝开心。

连岳

教养的两内容：会听话，会说话

| 2022.1.18

连叔：

您好，我是一名高中生，现在读高二。篇幅所限我就直说吧。

最近我们老师分享了好多优秀毕业生写给学弟学妹的高考建议和他们的高中总结，我自己也查了好多。

我所在的高中是省重点——一个“大神”云集的地方，所以那些优秀毕业生们要么保送清北，要么高考超厉害。可问题恰恰出在这里——当我看到那些优秀毕业生写的高中学习经历时，我发现，他们所谓的“成绩一落千丈”是跌出年级前一百（总共一千多人）；他们所谓的“侥幸发挥好”是考入了物理竞赛班并取得省二等奖……好多好多人都说那是他们谦虚，可我感觉不是的。谦虚可不是“凡尔赛”，谦虚要照顾别人的感受啊。有些“优秀毕业生”的文章，时不时就出现上面我提到的现象，一种不会照顾其他人感受的不良现象。也许他们天赋异禀,高一就学完了高中的所有知识,可大部分人没他们那么“天赋异禀”啊,大部分人是要有个学习过程的。我是从一所普通的学校来到省重点的,我十分清楚同学们的感受。我们看他们的文章时丝毫不觉得那是在谦虚呀,我们感觉到的是一种被压迫,自己什么也做不好的窒息感。我感觉他们不是真的“优秀”。

我是一个心态容易走偏的人,又因为疫情影响一直上网课,感觉最近心态有点崩盘了。看到以上现象我每次都无力反驳,可我一直在“为什么不顾及别人的感受?无休止地谦虚都能得到别人的好评,并被戴上优秀光环”这个问题上徘徊不前。连叔,您的书我看过,我感觉您能给我一个可靠的答案,特来求助!

一个正彷徨着的小男孩

* * *

一个正彷徨着的小男孩:

你说得对,一个人说话要照顾别人的感受。这虽然不是课本上的内容,却是人生的大学问。“子食于有丧者之侧,未尝饱也。子于是日哭,则不歌。”吃饱唱歌,都是基本人权,极正当之事,但孔子认为,在一个悲痛的丧者旁边,追求饱腹的快感,哭丧之后,开始唱歌,这都不正当,他是绝不会做的。什么是教养?这就是教养。什么是圣人？这就是圣人。我们都要学会在日常小事中不失恻隐之心，传递出真正的善意。

当然，会说话只是有了一半好教养，还不够，还要会听话。听了才会说，听在说前。听得懂好话，才说得出好话。很多好话，是不太好听的。现在家长、老师的批评，以后领导的批评，都不太好听。但为了进步，都必须听进去，一边冒汗红脸，一边入耳入心。在这点上孔子是我们的榜样，当有人批评他时，他说："丘也幸，苟有过，人必知之。"从小只听到赞扬的孩子，容易变成自恋型人格，唯我独尊，世界必须围绕他转，一句话不合他心意，就要炸毛。自恋导致自伤，毕竟谁也当不了世界的中心，太阳都只是宇宙的微尘，一个人算得了什么？越是自我中心者，就越会被放逐。所以，适当地听听批评是有利于健康的，人也不能过于敏感，否则，好话也会被听成坏话，似乎全世界都针对你一人，那就经不起一点风浪。这样的人，读了北大、清华，一生也无可观。会听话，能进步，善合作，这样的人，读差一点的大学，甚至没读大学，也有值得期待的人生。人生的考试要进行一辈子，高考只是一次小考。

那些优秀毕业生的经验，只不过表明他们也会害怕，也会犯错，也有听天由命的时候，并不是普通学生才有这些难处。所以面对与克服恐惧情绪的经验，对大家都适用。同样的方法，优秀学生得十分，普通学生得一分，都有所得，大得小得而已。小得也不要紧，积小得为大得。就算你认为他们说话让你不舒服，但从这不舒服中得到收获，拥有战胜情绪的理智，那更了不得，人生进化的速度将比别人快几倍。

祝开心。

连岳

什么是真的努力？

| 2022.2.24

连叔：

您好！

我是一名初三的学生，我的成绩很差，不是谦虚是真差，全校四百五十人我排三百。我是那种不可能上高中的学生，我的英语和数学都很差。

在初三前我完全没背过单词，从初三下学期才开始背。我在初三很努力，但我的记忆力不是很好，晚上背的白天就忘了，每天又有新任务，搞得我现在压力很大。现在学校不布置作业，但我每天都会做老师当天复习内容的练习，不懂的会问老师，但成绩依然是三百名（上星期）。我不知道是不是努力还不够，还是方式错了（我认为不是方式问题，我都是按照老师教的做）。我有一些不安，我很担心。

在娱乐方面，我把手机交给了父母，周末才拿回来。但我感觉没手机就像没了一种安全感一样，就算不玩手机，我也希望手机在自己身边。但我自制力不好，所以就算不要这种莫名其妙的安全感，我也要把手机交给父母。

在交友方面，朋友们在学习上一个一个超过了我，我很慌。明明他们在寒假天天玩手机、不交作业，而我每天上补习班，按时交作业，可我的成绩依然不好。他们在玩的时候我在刷题、在问问题，但我感觉我的进步像小碎步，而他们随便一走就是大跨步。

我不知道该怎么办，我也只能像这样一直努力下去，但我很担心，担心未来——要是考不上高中是不是只能当工厂妹或嫁个好人家。这些都不是我想要的生活。

我的父母为我付出了很多，但我经常想逃避，比如自杀。我很差劲，很懦弱，我很难直面困难。

我不想变成“努力就好”的孩子。请帮帮我。

祝连叔开心！

XH

* * *

XH：

先把这努力的状态保持到中考，你现在的选择是对的，认真学习，上交手机切断干扰，至少为自己争取了几个月时间。

这几个月，时间利用率越高，对你越有利。而心越定，时间的利用率就越高。心定就可以屏蔽干扰，只做该做的事。你的心还不定，你老想着排名，排名不上升，连“想自杀”都来了，内心极为动荡暴躁。就像读书时，有人在你身边呼天抢地，大呼小叫，拉你推你，效率一定是非常低的。只做事，不攀比，心才会定，忘掉排名，只管读书，天天如此，周而复始。

看样子，你听烦了“努力就好”这句话，它是老师常说的。其实老师常说的话往往最有价值，价值大到老师可能都想不到。同样一个老师带，有好生，有差生，有效率高的，有效率低的。区别在于，好生，效率高的，知道老师常说的，就是学习的基本原理，基本方法，是时间长河里进化出来的精华；而差生，效率低的，对老师的话却反应相反——烦死了，我不要听，来句新鲜的，给我一点秘诀迅速见效。真正的好东西，都是简单的、朴实的、日用而不觉的，是老师唠叨得你烦的。

你认为，只要努力，排名就得噌噌往上涨，不然就郁闷、发怒，威胁要“自杀”。这是对努力的误解。不奇怪，第一次努力的人，刚开始努力的人，都有这个误解。真的努力，就是“努力就好”，努力本身就是努力的追求，努力本身就是努力的结果。暂时的停滞，漫长的等待，他人的不解，庸人的反对，恶意的嘲笑，都无法让我停止努力，做一天和尚，我必敲一天钟。

每个人的天分不同，路径不同，有人是大学生，有人是工厂妹，但任何一个人要找到自己人生的幸福与意义，只有通过“努力就好”这条路径。这就是即使在学校排名最后一位也要努力的原因。人生的事，十有八九见效很慢，几十年后才有结果，慢一点，笨一点，起点低一点，只要不放弃努力，都没有关系，总有一件事适合你，总有一个人适合你，你总会在某一刻感叹：人生真有意思。

祝开心。

连岳

我羡慕同学可以玩手机

| 2022.3.14

连岳：

你好！

我是一名小学六年级的学生，我有两个问题要请教您：1. 怎样才能自律；2. 如何控制情绪。

我妈妈对我管得很严，现在也没有给我买手机，我特别 xiàn mù 别人有手机玩，在我们班很多人都已经有手机了，所以我总是想方设法地玩父母的手机。最近因为疫情，我被隔离在家，正好需要用手机上网课。所以我就偷偷地玩父母的手机，最后被妈妈发现了。我多次想约束自己，还做了一个时间规划表，但我每次想要努力时，都不够自律。请问怎样才能自律呢？

还有就是我管理不好自己的情绪，常常为了一点点小事哭，但我也非常讨厌自己这样，我常常在哭的时候掐自己，但眼泪还是止不住地往下流。

happy

* * *

happy:

想哭就哭吧，这说明你不压抑情绪。掐自己，把自己压力搞得很大，不等于白哭了？在哭这个问题上，每个人都是不同的，有人爱哭，有人不爱哭，没有谁对谁错，如果哭一会就能总结、反省一件事，把自己调整到正确的、平衡的路径上，那哭反而是你的长处。想哭的时候，找一个安静的、不受打扰也不打扰别人的环境，放松地哭一会。当然，过几年，你长大了，变得不爱哭了，也没必要强迫自己哭。一个人的成长大目标就是学会善待自己与众不同的地方，不要自卑，想办法把它用好就是了。

如果说哭没有标准答案，小朋友爱哭、不爱哭，可能都是好小朋友。那么，手机问题是有标准答案的，手机对小朋友的成长是极其不利的。手机必然会使孩子沉迷于游戏、视频、社交，阻碍孩子学习能力的提升与习惯的养成。孩子永远不可能自律。给孩子一部手机，相当于给他们一把枪随便开火，是很危险的。

在手机问题上，我认为整个社会的反应是过慢的，应该像禁止未成年人吸烟一样禁止未成年人独立拥有手机（必须使用时，比如上网课，需要有家长的监督）。为什么禁止未成年人吸烟？因为不这么做，未成年人很容易由于好奇、叛逆、引诱（烟草商有很大冲动这么做）、从众而吸烟，上瘾后对健康有巨大的伤害。而未成年人手机上瘾，危害性远大于吸烟，不仅危害健康，更可怕的是彻底摧毁了意志，断绝了孩子养成自律的可能性。一个小朋友，可以一边听课，一边做作业，甚至不妨碍他成为一个意志坚强的人；但是一个小朋友沉迷手机，那是不可能兼顾学习的。

现在，防止手机摧毁孩子的任务，主要是由家长完成。只有像你妈妈这么坚定的家长——而且长辈还要统一思想，达成共识，都支持你妈妈——才能保证不让手机危害你。你那些有手机的同学，没有你这么好的家庭教育环境。有些家长没有意识到手机的危害；有些意识到了，但长辈没有共识，总有人偷塞手机给孩子；还有家长意志薄弱，经不起孩子闹，妥协了。不是你羡慕（xiàn mù）他们，而是他们应该羡慕你。漫长的学习，主要目标就是获得自律，严格按照教育步骤，从婴儿0%的自律，到幼儿园小朋友5%的自律，到小学生40%的自律，到初中生60%的自律，慢慢提升自律能力，最后达到80%——管得住自己，学什么，做什么，都有计划、有节奏、有耐心，偶尔走神、分心，能迅速自我纠正，这样即可宣布教育成功。自律的养成，不是一瞬间的工夫，而是一个十多年的过程，在这个过程中，你得依靠他律，得有人敢于不怕你哭闹、怨恨，严厉地维护原则，只有一个非常非常非常爱你的人，才能做好这么辛苦的事，这个人就是你的妈妈。好好配合她就行了，配合度越高，自律越快得到。

祝开心。

连岳

我是中学生，网络为何让我焦虑、愤怒与恐慌？

| 2022.3.17

连岳老师：

您好！

我是一名中学生。学生最主要的任务是学习，我自己很清楚这一点，我也对自己的未来有一个很明确的目标。可是最近我遇到了一些问题，这些问题使得我无法很好地投入到我的学习当中，想请您给我一些建议。

当今时代互联网已经十分发达，渗入了每个人的日常生活。不可否认，网络给我们的生活带来了许多便利，但源源不断的信息却让我的内心产生了巨大的波动，使我在信息的旋涡中挣扎。这几天疫情严重，每天都有新的病例，小区都被封禁了，新的政策不断发布，我们学校也停课了。我的学习状态很不稳定，学习效率很低。看到窗外萧条的世界我时不时会分心，怀念过去世界里一切美好的繁荣景象，内心充满了悲伤、无奈、恐惧等消极与负面的情绪。我也喜欢关注大事，近些日子国际形势风云变幻，我的注意力经常被国际形势所吸引，但我发现我关注到的往往是负面信息，这一直让我处于焦虑的状态。再加上网络上一直有的关于各种方面、各种人的阴谋论或是一些个人偏激的观点。这些都给本就焦虑的我又加上了恐慌与愤怒，就比如说关于新冠起源的各方说法……我发现一切都是嘈杂的，大到整个国际社会，小到我房门后的家人对话。我不能控制外界的事物，他们本来就存在，但我认为我可以改变自己，我想让自己提高对负面网络信息的免疫力，更加专注地投入到学习上来。可就在我写这封信的时候，我的内心还是十分波动的，我想请教您，面对庞大的互联网信息，尤其是负面信息，如何保持内心的那份宁静，专注学习。

我学习乐器九年了，演奏的时候我能完全沉浸其中。我也很喜欢音乐，听音乐时我也很愉悦，但这治标不治本，我的耳朵也不太好。我应该尽快学习到抵抗这些负面情绪的方法，因为我清楚，已经决定要出国留学的我将来会面临更多此类的风波，我也想做到“一蓑烟雨任平生，也无风雨也无晴”。真诚地希望连老师能够抽空为我解惑,祝平安。

Ballade

* * *

Ballade:

现在是信息社会,不会甄别信息,就意味着将死于信息,因为大量的信息是有毒的、有害的。

有毒、有害信息分成几种:

一是敌对的。这类信息不是追求真实,而是追求颠覆。对中国的一切,他们都是从歪曲、抹黑、捏造的角度出发。一则如此“精心”制造的信息,或可引发中国人的恐慌、堕落、怨恨、对立。这种低成本,高收益,永远在进行中的信息战争,具有传统战争无法比拟的优势。美国由于二战红利,在世界上长期享有话语霸权,全球有无数“精神美国人”,其标志就是在任何事情上,他们可以条件反射似的站在美国政府的立场上。中国的“精神美国人”,绝对数量应该非常庞大,他们会主动地、自愿地、具有“奉献精神”地为美国政府发声、宣传、辩护,这使美国的信息战打得相当顺手。就像两年来美国的防疫惨不忍睹,他们却可以到处指责别人做得不好,甚至厚颜无耻地“甩锅”中国。

二是失意者的信息。失意者未必恨中国,但失意者更爱抱怨，他们制造的信息量更大，传播占比更重，这类信息，包装得再专业，目的也是为了泄愤，这种情绪是会悄悄感染读者的。就像同是医生，在防疫的决策层的，不宜随意发表意见，没有进入决策层的，却可以在一个又一个关键节点随意发表意见，表示自己才是高明的，从而获得心理满足。

三是无知者的信息。大多数人在大多数领域是无知的，稍不慎重，就会相信、转发错误的信息。而“唯利是图”的算法又会因此推送更多错误的信息，让人错上加错。

综上所述，人确实容易在信息洪流中失去自我，六神无主，对一个中学生来说，这不健康，也不利于成长。

如何应对呢？

一是分清主次。我们的主要工作是什么？我算是从事信息生产的人，但我每天看网络信息的时间不多，因为我知道自己的主要工作是写作，陪伴家人，看读者的邮件，用大块时间阅读。尤其在和家人散步时，我是不带手机，切断信息源的。主要工作做完了，做好了，一个人一天的精力也消耗得差不多了，无关信息对你的影响自然就小了。你是学生，更要知道你的主要任务是学习，上不上网不重要，一个星期不上网，对你的学习也没有影响，甚至会有利于你学习。

二是找到可靠的信息源。比如防疫这事，任何一次疫情，网上都是铺天盖地的信息，看谁的？信谁的？很简单，只相信中国政府发布的信息。由最顶尖的科学家和最高效的公务员执行的防疫工作，两年来成果卓著，他们最权威、最负责，即使疫情发生在你身边，你按照政府指令行事即可，有什么可恐慌的？政府的防疫经验越来越丰富，应对措施调整得越来越好，全球疫情持续得再久，作为中国人，都没什么可担心的。如果中国两年来的防疫成就还没法让一个人相信中国，只能证明这个人就是不正常的。

祝开心。

连岳

一个上海少年的邮件

| 2022.4.12

尊敬的连岳叔叔：

您好！感谢您能在百忙之中阅读这封信！我和妈妈都是您的粉丝，有空时会看您的文章，我和妈妈都非常尊敬并喜欢您。我是一名九年级的学生，今年六月份就要中考了。但最近我和妈妈发生了一些矛盾，我想向您求助，询问您的建议。

我在上海，我们这里体育中考已经取消了，并且现在是全市都在上网课。我在班里算学习还不错的，“三好学生”“体锻达人”“自律达人”之类的荣誉也拿过不少。我想考进一个好高中，不想给自己的初中生涯留遗憾。

我妈妈和大多数妈妈不一样。她从来不会盯着我写作业，更不会给我检查作业，甚至上网课也从来没管过我的学习状态。她非常支持我进行体育锻炼，甚至支持我没写完作业就去“玩”。

我曾经和她半开玩笑地说:“你那么支持我搞体育,为什么不送我去体校呢?”

每次中午(上午的课上完时),以及下午(下午的课上完时)我妈妈都会让我去做点运动。每当这时候,我就觉得作业还没写完,应该先写作业,因为我从小接受的教育就是:先把作业写完才能玩——于是我就回屋写作业了。晚上写完笔试作业之后其实还要背很多东西,写作业时已经为了图快,自默作业都直接抄写了,但我对自己是有要求的,抄完还是得背一背,用的时间也不少。等我写完作业,有时间运动了,已经是晚上十点、十一点了,再运动也不合适了,会影响邻居休息。

于是,就因为这个,我和妈妈天天起争执。妈妈认为我已经体重过重,再不运动接下来会变成一个胖子(我身高162 cm,体重55 kg,按照正常审美是有点胖,但宏观上看BMI是在正常范围内的,并没有超重。我体育也不差,如果体育中考没取消的话,拿满分我是很有信心的)。我知道体育锻炼是有利于身体的,我其实挺喜欢体育的(我甚至还是校田径队的),我也知道妈妈是为了我好,但我认为现在作为一个初三学生,最重要的事是学习。虽然我知道体育锻炼耗不了多少时间,但没写完作业就去“玩”总归有负罪感,所以我不愿意。上网课了,田径队训练没了,比赛没了,甚至体育中考也明确官宣取消了,我锻炼的最后一点动力也没了。

与此同时,周一我们班开了个视频形式的班会,班主任问我们最近都是怎么安排学习和生活的。有位同学说打球(可能是前几周还没封小区的时候),班主任说:“现在打球,有点奢侈了吧。”这更加坚定了我的观点:九年级应该专注学习,别的相比于学习都没那么重要。

总结:妈妈认为我学习不差这一点时间,我认为体育锻炼不差这两个月,等中考考完了,两个月暑假有的是时间。我认为,长胖了可以再减,体能下降了可以再提升,跑不快了可以再练,但中考若是考砸了,不会再有第二次机会了。妈妈说的也有道理,但我只是认为,对于一个九年级下学期还有两个月就考试的初中生来说,不合适。

唉,没想到,青春期的我和更年期的妈妈吵架,竟然不是为了学习,而是为了体育。所以我写了这封信,非常感谢您在百忙之中阅读我的信,希望您能提一些建议,我到底应该怎么做。谢谢!

一位想中考无遗憾的九年级学生

* * *

一位想中考无遗憾的九年级学生:

两个建议,一个给你,一个给你妈妈。

先说给你的：

如果中考不考体育，很多孩子是不爱锻炼的，家长可能也认为锻炼将影响学习，听之任之。你看，你这个“体锻”达人，一不考试，也没了动力。甚至误解班主任那句“现在打球，有点奢侈了吧”。我想他的原意更多是“在疫情隔离期间，有球可打，真是非常难得”，而不是让孩子们不要锻炼。

通过中考的方式“强迫”孩子们锻炼，主要目的有二：一是让孩子们尝到锻炼的乐趣，考试之后继续保有运动习惯，由被动运动变为主动运动；二是强调健康的重要性。多数人天生有好身体，你就是其中之一，有人后天不珍惜，把好身体搞坏，自己吃苦头是小事，给爱你的人带去担心、焦虑、压力、痛苦，那就是大过失。意识到健康不只关乎自己，更是一份责任，有义务为了爱自己的人保有它，这是人成长的飞跃。中考考体育，有助于孩子们尽快想明白这点，让他们成为有责任感的人。

锻炼与学习不冲突，与一切重要的人生追求都不冲突。耗时至少一小时以上的跑步、打球，只是锻炼的一种，更多的锻炼几分钟内可以完成，比如最“硬核”的引体向上、俯卧撑、蹲马步，对场地没有要求，不会影响邻居，短时间可以达到很大的强度，非常适合隔离期间。久坐是现代人的一大健康隐患，每隔半小时、一小时起来锻炼几分钟，是必须养成的习惯。我建议，甚至应该“强迫”公司同事们上午、下午各做一次工间操。一次十来分钟轻松、愉悦的运动，有效果吗？约等于零吧，但是只要养成习惯，天长日久，就能积累起巨大的健康红利。只要是为了健康而锻炼，那么，你在任何空间都找得到锻炼的方法。

再说给你妈妈的：

孩子162 cm，体重55 kg，BMI正常，很健康，不能说过重，也不能以胖“恐吓”。家长对好孩子容易犯贪婪的错误，欲壑难填，好了就得更好。这是孔夫子说的“居上不宽”，是教育大忌、管理大忌、人生大忌。

父母之于孩子，老师之于学生，领导之于下属，老板之于员工，都是居上者。居上者有优势，若总是趋向于放纵情绪，严于律人，追求速成，日愈“不宽”，最后只会上下皆失。“宽”不是不管，是更科学地管，原则问题管住，允许合理的摇摆，理解暂时的退步，给足冗余。孩子BMI正常，体重上下浮动几斤，要“宽”，不要急。孩子学习努力，名次进退几名，要“宽”，不要急。在这种气氛中长大的孩子，既向上，又不焦虑，赢得了，输得起，拿得起，放得下，心理很健康。心理健康比身体健康还重要。

疫情期间，孩子无法进行大型的锻炼，那就陪他在家里进行小型的、碎片化的锻炼。提升健康，饮食也是重要环节。中餐的普通缺点是重口味，用盐、用油、用糖过量，不利于健康，尤其上海菜，我觉得真是太油、太甜。趁这段时间，没有聚餐，没有诱惑，大人孩子一起努力，把口味变淡一点，盐少吃，不吃糖，那也是健康的大收获。提升孩子健康的方法无处不在，别只盯着一点。

祝开心。

连岳

想圆好梦？先从会哄妈妈开始

| 2022.4.20

尊敬的连岳老师：

您好！

谢谢您能在百忙之中看我给您发的这封邮件。在您的公众号上，我看到过很多很多您给学生提的建议。我想了很久，才决定鼓起勇气来问您关于亲情的事。不知道您是怎么看亲子关系的，可能是我自己的不对，毕竟亲子关系不好，多半是孩子的错。我还想问问如何实现梦想，让父母真心支持我。

我是一名很普通的中学生，我的父母没有很高的学历，但我知道他们很爱我，可我对父母的情感有时候连我自己都不知道是什么样的。

年龄稍大点时我跟他们就没有太多话，现在也一样吧。有时候放学回来，为了和母亲亲近一点，我会努力去找趣事讲给她听，但是我发现越这样就越让我感到压抑、不自在。当我感觉他们语气特别坚决地给我提出一些建议时，我就不敢违背，哪怕他们不会非要让我接受。而且我大了之后，他们不打我也几乎不骂我，但我自己都搞不懂有时对他们的情感到底是尊敬还是怕，我觉得怕多一点。有时候我好希望自己得了抑郁症，因为感觉这样我们的相处会好点。

很多让我难受的事我都不会跟他们讲，应该说是我不想讲，但是当我和姑姑在一起的时候，我又很愿意敞开心扉和她多说点。在父母和姑姑之间，我还是喜欢姑姑多点。我的很多事，我父母都不知道，就像他们不知道以前同学给我取"野猪王"的绰号（我还被说哭过）；就像他们不知道有人刻意骂我比修正带还笨；不知道我在学校也会骂人，偶尔也会打架；不知道我人缘其实很差，但我总是装作很好……我敢打包票他们就连我一天几节课都不知道。我唯一的发泄口就是在他们喋喋不休强调某件事时不耐烦地回话，父亲会批评我对长辈没有礼貌，我知道错误，我有时就是很看不惯他们"近朱者赤，近墨者黑"的一套，总是让我和比自己好的同学玩，可是如果世界上所有家长都这么想，试问哪个好同学会愿意和我玩呢？

作为独生女，他们对我寄予的希望太高了，我也没有兄弟姐妹、猫猫狗狗可以倾诉，唯一能倾诉的人就是姑姑，但是她也不常来我们家，毕竟她也是有孩子的。有时候我都会想为什么不来个弟弟或妹妹替我承受这一切。

我的梦想是成为小说家，我有这个梦想都好几年了，但是我总是有种他们并不太支持我追梦的感觉，不知道是不是真的。有一次，当我决定开始向这个梦迈步时，母亲发现了我写的东西，然后就过来质问我。这件事让我现在都无法释怀，一直不敢追逐梦想（尽管后来她答应了）。我不知道该怎么办，信心也没了，可是我就是不想放弃。

在决定给您发邮件之前我还没有邮箱账号，和母亲说的时候，她说有个QQ就够了，要什么邮箱！她甚至都不问我要干什么，还是姑姑去给我解释的，母亲一说那句话我就哭了，我也不知道为什么。就连我给您发这封邮件我母亲也是浑然不知，我实在是不想告诉她。

我该怎么办？该怎么面对父母？该怎么追求梦想，难道学业和它不能兼得吗？是我想太多了吗？连岳老师，请您帮帮我，好吗？

祝开心。

橘络

* * *

橘络:

“亲子关系不好,多半是孩子的错”,这句话是不对的。不过,也不都是父母的错,不能得出“父母皆祸害”的反人类仇恨结论。亲子关系出问题,往往父母、孩子都没有错,是他们之间的沟通出了错——不知道对方的真实想法,鸡同鸭讲,好的结局就是双方都以为是自己的错,陷入自我谴责,坏的结局就是双方都以为是对方的错,势如水火,关系恶化。

人与人之间的学问,就是沟通的学问。人是信息量最大的“机器”,一言不发,一个眼神也可传递海量信息,再尖端的计算机也做不到这点,这必然会造成一定的误解。所以啊,你最爱一个人,也意味着你和他闹了最多别扭,吵了最多架,因为你们沟通最多,误解自然也最多,就像孩子与父母的关系那样。当然,不能放任误解发生,因为相爱的人,误解率又应该是最低的。从这个角度,我支持你的文学好梦。毕竟,好的文学素养必然有利于沟通。

文学梦有噩梦,不能去做。掌握了一定的文字技能后,就脱离现实,躲进幻想,不读书,不工作,满脑子名利,甚至用文字去美化自己的无能、怨恨、嫉妒,走上一条自毁的不归路——这种文学噩梦是反沟通的,脱离现实的,以为攻击他人,仇恨世界,就会得到别人的敬与爱。

文学好梦，有两个具体的标准：

一是你语文成绩必然能排到前几名。语文课是文学梦最好的起点，里面传授的全是硬碰硬的基本功。越有文学梦的人，越不会轻视语文课，也越不可能学不好语文课。语文老师与同学，就是你的第一批读者，征服他们，是你实现文学好梦坚实的第一步。

二是你观察到的现实是更多维的、更深刻的。你看到了别人看不到的，听到了别人听不到的，所以能写出别人想不到的。比如你妈妈反对你有邮箱，你看到她文化水平低，不理解你，很委屈，最后觉得她不爱你。这是人人观察得到的，写得再生动，也不是好作品，甚至可以说是坏作品，好作品的标准是孔夫子所说的"乐而不淫，哀而不伤"，情绪是克制的，乐过了头就是淫，哀过了头就是伤，都是在败坏现实与人心。我比你多写了几十年，现在文学水平比你高，同样是这件事，我观察到的是另一面：学历不很高的妈妈，对网络、邮箱可能知之甚少，充满担忧与恐惧，自己的孩子要用这个陌生玩意儿与一个陌生男人联系，出于母性的保护本能，她必然是反对的，这是她表达爱的方式。看到这一面，她就不可笑了，不可恨了，你比她的文化程度高得越多，你越会理解她、同情她、尊敬她。设想你是一个善于沟通的好作家, 你就会这样说:“妈妈呀, 我要写封信给我喜欢的一个作家, 向他请教如何学好语文。”表达的意思相同, 里面的每一个字、每一个概念, 她都熟悉、理解。她觉得安全了, 不仅不会反对你, 你们还能聊起来。好作家不是展示自己如何高明, 而是无论对方是谁, 都能让他发现自身的高明。你爸爸妈妈爱你, 但他们的表达笨拙、曲折、变形、粗暴, 以至于常人看不出那是爱, 而这正是你进行文学训练的好机会, 每次都借助自己的文学才能, 仔细分析出他们的真实想法, 然后用他们听得懂的话和他们沟通。这种训练做多了, 即使你一个好故事没写, 也是好作家, 因为你有本事让生活发展成好故事。

祝开心。

连岳

只得一票，光荣的失败

| 2022.4.29

亲爱的连岳叔叔：

您好！我是一名三年级的小学生，去年九月份由原来的学校转到了新学校。这半个学年和同学们相处得挺愉快的，也交到了一些好朋友。但最近发生了一件事情却让我很伤心，不知道怎么办好。妈妈说，您经常帮小朋友解决问题，鼓励我写信给您。我也很想请您给我一些建议，希望您能看到这封信。

今天我们班竞选“三好学生”，竞选之前我信心满满。上个学期因为刚转过来，我没有参加竞选。但是这次我觉得我已经和同学们熟悉了，而且我的学习成绩非常好，上学期考了班级第一名（老师说不能公开成绩，只偷偷告诉了我们前三名的同学）。竞选头一天晚上，我把一分钟演讲背了好几遍，最后背得滚瓜烂熟，演讲时我的表现也很好。本以为可以得到很多票，但结果却只得到了一票，还是我自己投的！我的一些好朋友说投了我，大概应该有五六个人吧，但为什么只有一票呢？我不知道是唱票的同学故意没有念我的名字——因为我和他们平时关系不太好——还是我的那些好朋友其实没有选我。总之，我觉得，只得了一票很丢人，有的同学还笑话我。我再也不参加什么竞选了，我觉得自己很差劲。我平时和大家相处得挺好的，结果为什么却是这样呢？

我该怎么想通这件事呢？我甚至不想去上学了，怕大家说这件事。请连岳叔叔帮帮我！谢谢您！

一只困惑的小猫

* * *

一只困惑的小猫：

你这是光荣的失败，不是因为太差而失败，而是因为太好而失败。从你这封邮件叙事的流畅与饱满来看，你的作文水平是远高于同龄人的。你还很快适应了陌生环境，拿了第一名，最后，你还有勇气去做许多人一辈子也不敢做的事：当众演讲竞选。

你这个刚来不久的转校生太过优秀，所以引起其他同学的排斥。这种排斥心理很复杂，主要是由小心眼、嫉妒，甚至是恨组成。你不用做任何猜想，也不要去责怪、怨恨同学。或多或少地经历这些不良情绪，最后战胜它们，将这些情绪转化成健康的前进动力，是人成长的重要组成部分。你的同学正在成长。你更不能选择“我索性不优秀”，而是要继续保持优秀，还要变得更优秀。这样同学们才能适应、接受你的优秀，并在这过程中心悦诚服地将不良情绪转为动力。所以，一个人保持优秀，是利己利人，是带大家一起飞。一个人迫于压力，不敢优秀，自我平庸，那是损己损人，因为同学们知道自己的不良情绪可以打击、摧毁一个人，他们就会更依赖、更多地使用不良情绪对付一切优秀的同学。这样对双方而言，成长的难度都大了很多。

光荣失败可遇而不可求，它的要件是一个人足够优秀，却要输得足够惨，就像你只得了自己的一票。如果事先知道这个结果，你不会参选，我也不可能鼓励你参选，因为这个结果太残酷，只有极少数知道其价值的人才扛得住。

光荣失败看起来是耻辱，其实是极有价值的。看到你只得了一票，很多人都会像我一样哈哈大笑。这笑不是嘲讽你，而是同情你（觉得你被不公平对待），喜欢你，佩服你。那些笑你的同学，以为自己是嘲讽你，表面上或许是这样，但他们不知道的是，在他们的心底，同情你、喜欢你、佩服你的情感也在产生。那些没有笑你的同学，对你的同情、喜欢、敬佩就更浓了。这些都是你下次竞选时的得票基础。光荣失败是少数人的幸运资源，不必躲，更不要怕人说，说得越多越是对你的宣传，下次竞选演讲时你还得提一提这次只得一票的“糗事”，同学们笑成一团，百感交集，你的票数少不了。

多年以后，你的同学们记不住今年的“三好生”是谁，但记得住你这次的光荣失败。他们将赞叹你的成就是从只得一票的最低点勇敢开始的。这种勇敢也是全体同学的精神资源，很珍贵。光荣失败过的孩子都是被命运厚爱的孩子。

祝开心。

连岳

写给少年的18岁生日

| 2022.5.8

连叔：

您好。

不知不觉，认识连叔已经两年了，阅读连叔的公众号和一句日历，已经成为习惯。我是一名即将满18周岁的学生，有些问题在一直困扰着我，想和连叔一起讨论下该怎么解决。如果能够得到连叔的回复，我想我是幸福的。

我现在和养父母一起居住，他们对我还算不错，只是我一直不敢接受他们，因为怕被再次抛弃。我是跟着爷爷奶奶长大的，爷爷奶奶给了我太多的爱。他们走了几年了，今年我才慢慢走出来。爷爷奶奶在的时候我会和他们讲讲心里话，因为他们会认真听我讲。对于父母，我一直试着好好沟通，但每次都得到那些带有责备的话语，我便也不想再尝试了。

即将满18岁，我觉得很迷茫，好像大家都在变得越来越好，只有我在走下坡路，不知道是不是自己多想了。我现在越来越沉默，很在意别人的感受，朋友也变得越来越少，不愿去结交新的好友。前段时间去校心理咨询室，医生说我主要还是因为原生家庭的影响，缺少安全感。但这是我无法改变的，我也在试着接受，但真的很难做到。

我对自己要求会比较高，在学校也获得过一些奖项。在我心里，只有做得足够好，才能让我有足够的安全感。一直以来，我都是一个人，一个人解决所有事情，有过想不开的时候，有过轻生的念头。身上本该有的少年朝气好像也已经褪去，人逐渐变得麻木。

我不喜欢这样的自己，但我不知道该怎么做。

谢谢连叔！

即将18岁

* * *

即将18岁：

18岁时，人都想让全世界喜欢自己。这是想征服全世界的雄心的体现。也就是你说的，“很在意别人的感受”。这导致对自己很挑剔，觉得自己这也不行，那也不行，浑身弱点，越想越怕，万一被人看出来了，他们就会小瞧自己、不喜欢自己。于是，就摆出一副冷酷的样子，拒人于千里之外，这样别人就看不透自己。但人是骗不了自己的，越想，自己就越弱，越怕装不下去，忧郁与恐惧随之而来。比如，你都想到原生家庭是不是有问题了。你的原生家庭没问题，你和谁长大，谁就是你的原生家庭，带大你的爷爷奶奶给你“太多的爱”，倾听你的心里话，这样的原生家庭是幸福的。承认这点，爷爷奶奶才不会伤心。

有雄心没错，少年应该有雄心。但有雄心和暂时弱小不矛盾，实现雄心是一个人生过程——从弱小走到强大最快也是二三十年后的事了。即便是强大了，也不可能人人喜欢你，有一小部分人是永远不会喜欢别人的，你越强大他们越不喜欢你。如果你在意他们的感受，你最终就不可能是一个强者。所以，从现在开始，就可以训练自己接受人生“必然会被误解”“必然会得不到所有人的喜欢”。当这些情况出现时会不舒服，可不舒服就是强大的代价。

人生不能急，你是慢慢变强大的，慢得你发觉不了。越自然生长越不容易累，一定要先从小事做起。比如怎么和养父母沟通。涉及大主题时难免以冲突结尾，由于你们各自的人生经验、人生阶段不同，两代人很难在大主题上迅速达成共识，沟通是漫长的互相理解的过程，可能长达半生，甚至一生。培养感情，表达爱，要多说小主题，甚至要多说无主题的废话。比如有礼貌地问安，聊聊饮食起居的日常。以后你恋爱了，就会知道，深爱一个人的感觉，就是想和对方废话个没完没了，直到人生最后一刻。

又比如，你这封邮件是今天凌晨1点40分发的。从这点，我可以给你一个很小的生日祝福，同时也是一个小要求：以后要早睡早起，作息规律，宁愿早起做作业，也不要熬夜做作业。这是想做就可以做成的小事，却有多重好效果：一是身体健康；二是培养自律能力；三是让父母发现你长大了，沟通时更平等；四是很多同龄人做不到的，你能——特立独行；五是不怕烦恼。人生的很多烦恼，一觉醒来，就变小了，变没了。

人无法摆脱自己的家庭、自己的历史，就像人无法抓着自己的头发离开大地。你与世界的一切联系，就是你的大地。我们一生该做的，是发现大地的价值，提升大地的价值，用很小的事，小得像种子那么小，去亲吻大地，深入大地，然后种子就可以发芽，渐渐长成参天树。

祝开心。

连岳

疫情给学习领先带来的机会

| 2022.5.22

连老师：

您好，我是一名初三的学生，临近中考，我遇到了以下问题。

这学期开始就不太顺利，上了一两周的网课才开始线下教学。自从进入九年级，在疫情和升学压力的影响下，我变得比以前懒散了，上课和对待作业也没有以前认真，有一点拖延症，作业基本是不拖到八点半就不写，其实我七点就到家了。很多时候，晚上十点半也完不成作业，我都是早上起来写，早上总是被我安排得满满当当的。因此我总是踩着点进校，偶有迟到。课外题老师没要求的就没有做，看着班级里其他人那么努力，我一直很懊悔，可转天还是一样。

我觉得我的状态决定我的成绩一定不会太好，可一模的时候我考进了年级前五，区里前几十名，可以上区里最好的高中，可班里明明还有比我努力的人。我成绩不是很理想，却考了班级第一，可能是半年没考试了，大家考得都差吧。然后我就有点飘了，比之前更加懒散。又赶上天津有疫情，一模后一周我们这个区的学生又开始上网课了，我就更懒散了，甚至出现了不完成作业的情况，上课时也没那么认真了，看着班里同学早早提交作业，我的危机感更严重了，可转天还是老样子。我还很担心二模，有了一模的经验，大家应该会考得更好。我很焦虑，我很清楚自己应该干什么，但又不想做，我是不是很矛盾？我该如何调整心态呢？

如果连叔能看完我冗长的叙述，那真是太感谢了，这应该是很小的问题吧，不过连叔能回复的话我会很开心的。

祝开心。

一个矛盾的初三生

* * *

一个矛盾的初三生：

在大学教育普及化的今天，对于多数人来说，从小学一年级到大学本科毕业，要读十六年的书，才算基本合格。按百年寿命来算，这也占了近六分之一，不短。但它传授的最基本的本事只有一条，就是自律。自律是很难的，所以，需要漫长的他律，一部分学生才能逐渐养成自律的习惯。有了自律，就掌握了自我教育的能力，人生就拥有了无限可能，想学什么，拿套教材，制订计划，排除干扰，逐渐实现就是了。

你体现的“偶尔管不住自己”，对于一个初三学生来说，一点不奇怪，符合你现阶段的自律水平。考试成绩证明，你的自律水平在班上还是高的，不少同学可能都“失控”了。从你早起写作业来看，你具有更强的自律性。我也是每天早起工作的人，发现同样的工作，比如做作业、写文章，早起比熬夜，有几个好处：一是更专注，早晨距离时间截止点更靠近、更明确，更容不得拖拉与走神；二是头脑更清醒，经过一夜的睡眠，脑子清理掉了垃圾信息、负面情绪，是清爽的、正向的；三是更健康，早睡早起符合人体进化形成的节奏。学习好、工作好、生活好，往往需要一个睡得好。早睡早起，把重要的工作放到早晨做，事半功倍，一举多得。但为什么这样做的人少？就是因为早睡早起需要更多的自律，早睡难，早起更难。

疫情对学习的影响，看得到的，是其负面影响。线上教育，脱离了学校的具体环境、原有纪律、课堂约束、现场氛围，孩子坐在电脑前走神、摸鱼、作弊，老师很难发现与纠正，教育的他律功能大幅丧失，管不住自己的孩子，就产生了雪崩式的退步。

但是，疫情也带来了一个看不到的机会。同样的自律行为，此时却有更大的收获，其他人在退步，你不退步就在领先，你若进步，就有两倍、三倍、数倍的加速度。看得到这点的，家长会加强对孩子的关心与监督，孩子将时时提醒自己不要松懈，把自己想象成就在班上上课，老师就在身边。这样你的自律教育反而将提前实现，坏事变成了好事。

世界的演化，人生的进程，就是一个接一个的危机构成的。只会抱怨，那危机就只是危险。忍得住，熬得了，能生存，会发展，那危机就只是别人的。不要浪费任何一个危机，对于学生来说，疫情并没有剥夺你学习的机会，你也不用辍学养家，只要有心，就是超越或领先的难得机会。

祝开心。

连岳

一名五年级女生的成长烦恼

| 2022.5.30

亲爱的连岳叔叔：

您好！

最近我把您的《少年问答1》《少年问答2》都看了一遍，看到别的同学写给您的信后，我也想试着给您写信（希望您能回信），我有这几个问题想问问您的意见。

先自我介绍一下，我是女生，今年将满十一岁，下学期就五年级了。

我的具体问题如下：

一、最近我和爸爸一起出去买东西，爸爸总不让我买贵的，总是让我买便宜的。比如我想买榴莲吃，爸爸说："我们不买，多费钱啊。"我为此和爸爸争吵过。因为那次争吵，我再也不敢看心意买东西了，只敢看价格表。

二、最近我对自己的外表、穿搭都很注重。每次我都会为了挑选、搭配衣服，花费五到十分钟的时间。因为在颜色搭配方面我怕衣服会显得我黑，不好看。我尊敬的奶奶，还有某本书上都说，女孩子小的时候不用注重自己的外表，衣服能穿就行了。可我认为，就算是小的时候，女孩也要注重自己的穿搭的。

三、我还是班级的学习委员。在我们班上，老师告诉我们，学习委员的职责是监督大家的学习，帮老师查看作业的订正情况。但是我认为自己很差劲：比如数学很难理解，不会电脑打字（此篇文章是我的妈妈帮打字的）。班级的心理测试结果显示我有抑郁和焦虑的情绪，我不知道该怎么面对。不过，我的英语、语文、体育还是不错的。我觉得我不配当学习委员。而且我很注重别人对我的看法。您觉得我下学期还要竞选班干部吗？

希望您能帮我解开这三个问题。

祝您和您的家人开心。

榴莲披萨的见解

* * *

榴莲披萨的见解：

好，我们逐个讨论问题。

第一个问题是关于钱的。你很爱吃榴莲，爸爸应该适当满足你。我猜，他肯定是买过榴莲的。但榴莲是很贵的水果，不能每次都满足你。多数家庭，收入都要计划着花的，不然到月底，就没钱了。即使少数家庭很有钱，榴莲可以随便买，我也认为，高明的教育是让孩子的消费随大流，别比同学好太多，最好维持在平均值。若孩子从小学会拼消费，秀名牌，以物质优越凌驾于同学之上，那财富就是害他的毒药。你学会买东西先看价格，这不是无奈，这叫量入为出，表明你已经有了最重要的财务知识。一个家庭，一个公司，甚至一个国家，想要经营好，非得量入为出不可，否则再有钱也会败光。

第二个问题是关于美的。用家长允许你穿戴的服饰，每次花不超过十分钟的时间，把自己打扮得更美，这是本事，也是美育的一部分。德智体美劳，美也很重要，我支持你。不仅是女孩，男孩也应该把自己收拾得清爽帅气一点。《论语》里说，虎豹如果把皮上的花纹去掉，它们看起来就像狗和羊。美不只体现在外表，也是一种能力。小时候缺乏美的教育与实践，大了也难补。小时候只会乱穿衣，大了往往也穿得尴尬。

第三个问题是关于学习的。既然学习委员这个位置能让你更有动力补强短板，那当然要继续竞选。泛滥成灾的心理测试，不要太当一回事。别说你班级里的心理测试了，我前不久去医院体检，也测出有抑郁倾向，可我明明是吃得香，睡得美，心态放松，超级乐观，一点抑郁的影子也没有，我肯定选择相信自己，忽略医院的结论。人只要想进步，必然有点压力，多少都能测出一点抑郁或焦虑，没有百分之百心理健康的人。学习不能急，按照老师与家长的指导一步步来就是了，在一个平台期起伏一阵子，练习与思考够了，突然就会有个突破，你就会达到新高度。好成绩，好时光，都是等来的，要有耐心。

祝开心。

连岳

一个好孩子，高考没考好，还是好孩子

| 2022.6.29

连叔：

我是一名前不久参加了高考的辽宁省考生。前些天出分，几家欢喜几家愁，我是愁的那一家。毫不夸张，在点开屏幕看到分数的那一刹那，我的眼泪止不住地哗哗流——只比本科线高了两分。这相当于卡线，比我的预期分数低了非常多，心理落差太大……因为我考试时，觉得自己的心理、答题状态都挺好，最后的结果却很让人悲伤。平时我的语文、英语、生物成绩都还不错，没想到最后不尽如人意，我实在有点接受不了。

我的家庭呢，是特别幸福的。我最幸运的事就是我生在这样一个幸福的家庭，拥有很智慧的爸爸妈妈。看到这样的成绩，爸妈心里肯定是不好受的。但即使是这样，他们还是积极地安慰、开导我，让我很感动。他们还给我联系了很值得信任的规划老师。老师给出了两个方案，方案一：今年招生计划为八万六，但这届人很多，虽然我过了本科线，但是上本科概率不是很大。最后研究了一下，如果实在不行就上本科院校里的专科，然后再专升本。方案二：出国留学。其实我个人还是偏向于方案一的。

我还是有点过不去，因为我上小学是很优秀的，品学兼优的那类。直到上初中高中，我感觉我的学习方法出问题了，就是有种咋学也不开窍的感觉。高考成绩出来了，很多小学甚至不咋学习的人都考得很好。他们难道就是比我聪明吗？那我还是左撇子呢，我很迷惑。

再来说说我自己吧：1. 不咋玩手机，不看抖音等小视频。生活较其他人来说比较规律，喜欢做饭，也做得很好吃。2. 爱好运动。运动很突出，尤其是乒乓球，大连市第三名。小时候打比赛各个俱乐部争着抢着要我。这也说明自己强大了，才有选择的资本和权利。其他的运动、才艺像游泳、篮球、书法、钢琴、画画等等——总之貌似除了学习——我好像都很有天赋。这几天选专业，我也没有啥选择权，很痛苦。3. 魔方玩得很好，人人羡慕，教人也教得很明白。但我说的这些，都只能当个爱好，不能当作生活的本领，这让我内心很痛苦。

再来说说我每次想到都心碎的那件事。我高三一年都封闭在校园里，我们这一届很难，赶上疫情，学生可在校园里封闭，也可回家。那段时间真是黑暗的，电话亭常常爆满，行李在一楼一排接着一排，出去再也进不来了。要是选择不走就得封闭在校园里。我为了对自己负责，选择了封闭，整整两个月，真的很苦，大门都不能出。我也很认真地学习了，但最后的结果真的和我的努力不成正比。这让我一直走不出来，每次想到就会痛哭一场。但我打心底里感激这个学校，校长老师对我们是真心的，他们做的一些事情触动着我的内心深处。虽然我的成绩没提升上来，但学会了许多为人处事的道理。妈妈跟我说人得经历一些事情，这些都会对你产生潜移默化的影响。但我每次想到我受了那么多苦，成绩上却没得到回报，就无法释怀。现在我对生活感到迷茫，没有方向，很痛苦……但我还是初步规划了一下这个假期，早上起来运动，身材管理好，然后练书法、乒乓球。乒乓球练好了，以后在单位是个加分项。

连叔，以上就是我想表达的内容，思绪有点乱，望您能在百忙之中看一看，解答一下，辛苦！

贝

* * *

贝:

高考是重要,考不好难免伤心。

再过二十年,同学聚会,那些受人尊敬的、生活幸福的、事业有成的人,有些是高考考得好的,有些是高考没考好的。也就是说,放到半生、一生的长度,高考有没有考好,并没有那么重要。人生是一直在变化的,就像小学不咋学的同学,高中却变得很出色,高中很一般的同学,人生也可变得很不凡。只有两类高中毕业生的人生是经营不好的,一是以为高考考好了,人生从此躺赢;二是以为高考考坏了,人生从此躺平。

高考可以筛选出一小批学习特别好的孩子,将来国家与人类"高精尖"方向的研究主要靠他们。但是高考无法筛选出一个人是否仁义、是否善良、是否幸福。这些要用一生去努力获得。它们反而是更重要的。就像孔子评价颜回最好学,因为他"不迁怒,不二过"。"不迁怒"是不将自己的失意、沮丧、焦虑、愤怒等负面情绪转嫁给他人。"不二过"是不在同一个地方跌倒两次,总是能在错误与失败中长进。这种品质考试测不出来。在我们中国的传统中,要成为一个好学生,一个好人,像颜回那样得到肯定,受到后世的景仰,最重要的评判标准不是考试这种"术",而是为人的“道”。高考考不好，有一些“术”的路或受限制，但走上颜回的“不迁怒，不二过”的大道，却不会受任何限制。

我相信你的人生能过得好。你在痛苦中马上制订了假期的运动与学习计划，这就是“不迁怒”的体现；在痛苦中自暴自弃，走不出来，即为迁怒的症状之一。再加上你自律、多才多艺。持续积累，人生不可限量。尤其是，你还有智慧的父母引领你、协助你。二十年后，你的人生将应有尽有——家庭、事业、成就，还包括文凭。你对自己要求那么高，按你的计划，先读专科，一路考上去也难不倒你。

人总会遇上失利，不要慌、不要怕，只要不着急、不放弃，一生很长，目标慢慢都会实现。

祝开心。

连岳

写给新学期即将进步的你

| 2022.9.1

连叔：

您好！

我马上就要六年级了，五年级的暑假就剩几天了。现在的我害怕六年级时会退步许多，害怕考不到一个理想的初中。

一年前家长就开始控制我使用手机的时间了，但只靠他们允许我使用的那点时间好像并不能满足我，于是我就开始看别人的手机，被发现了也就收敛一阵子，过上一周就又回去了。每一次看好长时间手机，作业马马虎虎完成或者真没有完成时，心情就会不好，后悔看那么长时间手机。结果下次还这样，最近有一段时间我不再看那么长时间的手机，好像心情变好了许多。我也明白这些手机上的软件是需要我们来控制的，而不是来控制我们的。可我总觉得这些想法不能在我的脑子里待很长时间。家长也想过很多办法，有点用又好像没有用。虽然现在我不会看很长时间的手机——这个暑假，家长把我的注意力放到了电视上面，我和家长看了好多电影——但我不确定以后能不能保持。

我也有目标，以我现在的成绩再努力一下应该可以考到我的理想初中。老师对我的印象也很好，但我却总是有种感觉，感觉六年级会有所退步。希望连叔给我一点建议，给我打一个预防针！谢谢！

一名小学生

* * *

一名小学生：

我和你的感觉刚好相反，我觉得你这个学期要进步。

主要的证据就是你“心好”。所谓的“心好”，就是心里有变好的强烈愿望，在家长与老师管理、指导自己时，不是对抗的，而是配合的。在你们的一起努力下，一切对学习的干扰都会被排除。你一定能够战胜手机。

一代人有一代人的学习干扰。不被干扰的学习是不存在的。你们这代人的干扰就是手机。如何战胜手机，就成了你们成长的重要内容。不能胜，那成长将出现大障碍，一个孩子沉迷于手机，无心课业，则必将失去意志力、专注力、知识，甚至健康，别说读不好书，将来都无能力正常地生活。手机对他来说，就成了精神毒品，从小就控制他，随着时间的推移，戒除的难度将越来越大。即使成年能戒，可是求学的时光已经流逝，老大徒伤悲。

战胜手机，两个条件具备即可：

一是家长意识到手机的危害。老师一般都意识得到，学校也有严控手机的环境，关键在于家长要有意识。如果家长不管，或有某个家长老塞手机给孩子，那孩子战胜手机的可能性几乎没有。这个管，还要有耐心、有韧性，不是管一次，管几天就放弃了。到孩子手机重度成瘾了，又以为骂一次、打一次，采取极端手段就可立马得到一个好孩子。良好的教育是经常关心、长期监督、掌握动态、建立互信。家长表现得很好，和孩子一起不停找办法，陪孩子度过动摇期。这种不急不躁，本身就是重要的教育，很多重大问题的解决都不可能一蹴而就，需要反复尝试，永不放弃。你现在有了这个经验，以后在学习与人生中遇到难题，会有更多应对的办法，这也会使你更大胆。

二是孩子的配合。孩子阳奉阴违，寻死觅活，甚至有极端的孩子，手机一被收就威胁要跳楼，那家长、老师真的没什么办法，只能听天由命了。孩子配合，那战胜手机相当容易，使用时间到了，把手机上交家长，就是这么简单的事。这点，你现在也表现得不错。

当然，进步一定有反复。再优秀的孩子，也会犯错误，偷懒，撒点小谎，管不住自己，但他们这么做后，就像你的感觉一样，会“心情不好”，然后开始寻找帮助，自我纠正。这种练习多了，一起心动念，自我纠正相应出现，你的意志力能让你按计划行事，少受、不受干扰，完成计划后“心情很好”。一个人接受漫长的教育，就是为了最后成为“心好”的自我进化者、自我实现者。

祝开心。

连岳

少年世界的大倒塌与大建设

| 2022.12.2

连叔：

您好！

我之前读过您的《少年问答》，感觉您写的文章很温暖，很能给予我们力量。我也是通过《少年问答》认识您的。

我现在上初三，成绩在班上排十二名左右，懂得的知识比班上的同学多。老师比较喜欢我，但家里人总说我懒。我现在正在纠结上不上高中的事，老师认为我很有希望，但家里人认为我根本考不上，他们认为以我现在的努力完全不足以支撑我考上高中。

但是，目前最困扰我的问题不是上不上高中，而是我有没有勇气和希望继续活下去……

支撑我精神的是三根顶梁柱：亲情、友情和爱情。最先倒塌的是爱情，我先是被喜欢的女孩子拒绝，然后又意识到结婚不过只是利益绑定而已；其次出现裂痕的是亲情，我真的很讨厌他们硬把我已经做过的事情说成没做，一边说我懒肯定考不上高中，另一边叫我相信他们，按照他们说的去做。一方面确实是我懒没法执行，但另一方面是因为我受到过家暴，被打的情形仍历历在目，我根本没法相信他们；而友情呢，也并不坚固，因为我之前受过校园欺凌，并不能完全信任朋友。三大支柱断了一根，两根出现裂缝，即将坍塌……

唯一能让我有勇气活下去的就是我想弄清人活着到底是为了什么。如果连活着的目的都不知道的话，那还活着干吗？

我现在的状况很糟，没有想做的事（连曾经喜欢玩的游戏都不想玩了），怎样才能让我重拾希望呢？

补充：我的家庭不重视我的心理健康，认为我的心态不发生改变，我就无法改变现在的处境。可是如果他们不重视我的心理健康，我的心态就无法转变。如今我看不到未来的希望，正在死亡的边缘徘徊……现在我的心理情况很糟，恐怖、绝望等负面情绪一直在我脑袋里徘徊，我的情绪非常不稳定，时刻都有可能干出使用暴力的事（但我现在还能控制自己）。我该怎么办呢？

祝身体健康。

想自毁的机器人

* * *

想自毁的机器人：

如果你觉得撑不住了，要及时向老师求助。你也可以把我们今天的通信给老师看一看，让他更了解你的具体情况，在我的意见之外给予你更好的帮助与提升。

我觉得你对老师不公平。你看，他喜欢你，看好你能考上高中。你却在信中一笔带过，重点放在那些你不喜欢的人身上。人有个思维特点，更在意批评、烦恼与自己不喜欢的事。一件此类负面事情带来的杀伤力需要数倍正面事情来对冲，比如挨一次批评产生的影响需要五次表扬才能中和。知道这点很重要，否则，我们对自己、对世界的看法就会变形。

知道这个思维特点后你就应该知道，对老师公平，也对自己更客观的做法是用五倍的篇幅来描述老师怎么对你好，说得更具体。这样更容易使自己的情绪稳定。

解决家庭矛盾，也可以用这个方法。在批评对方之前，先表扬他做得对的五件事。世上确实有坏到极点的父母与家人。他们一无是处，让人想不出他们的好，但这种人占的比例很低。绝大多数父母与家人，就是普普通通的好人，有优点、有缺点，优点比缺点多一些；会带给你温暖与伤害，温暖比伤害多一些。只盯着缺点与伤害，孩子一定会恨父母，父母一定会抛弃孩子，所有家庭都得崩溃。只有邪恶的人，才会这么做事。如果我们也能看到优点与温暖，加加减减，最后的结果是正数，我们的心就会是热的，我们的爱就还在，我们就能以更小的代价消除成长的烦恼。

客观评价他人，甚至是原谅他人，最大的受益者是我们自己。想想看，假如你以后成为一个重要人物，比如大政治家，有八成的人支持你，你就非常成功了，这也意味着还有两成的人是不支持你的。这些人会误解你、辱骂你，甚至抹黑你、冤枉你，吃了你的肉，还要骂你的娘。如果你不接受，不原谅，只和这些人较劲，你怎么活得下去呢？人的成长，就是心胸逐渐变大的过程，心胸越大，人越重要，人越开心。心胸怎么变大？用不愉快的事撑大。从这点看，人有点不愉快，受点委屈与挫折，都不是坏事。被父母保护得太好的孩子，一直被哄着，一点委屈没受，一点苦没吃。当他们进入真实的社会后，不仅成不了事，还会活得非常痛苦。因为别人不哄着他，不把他当成世界的中心了，他肯定得受一点委屈，结果可能一个很小的委屈就把他撑死了。

爱情这事，你才刚开始，遑论倒塌。被一个女孩拒绝是正常的，一般来说，没被拒绝三次，爱情都还没入门。婚姻是“利益的绑定”，也没那么可怕，两个相爱的人待在一起就开心，是不是利益？是，这是情感利益。爱情是建立在一定利益基础上的，这利益除了物质，还有很多，你干净健康，阳光开朗，是利益；你能力出众，受人尊敬，也是利益。凡是你值得爱的优点，都是利益。如果爱与婚姻不讲利益，就意味着随便一个人都可以爱，那爱情与婚姻也就失去了意义。作为一个顶天立地的男人，还怕和别人谈利益？要成绩给成绩，要帅气给帅气，要阳光给阳光，要未来给未来，要什么都给。有这个自信，这个气势，这个作为，你以后肯定不会缺爱，人生的意义，也会像旅途的美景一样逐渐呈现。

祝开心。

连岳

3 不平凡的人生定义

不想当一个平凡的人

| 2021.12.7

连叔：

您好！

我是一个初三的学生，从先前的语文老师那里了解到了您。我关注您大约有半年了，有空时就阅读您的文章，从中汲取智慧与经验。

在学校我没有“怠慢”功课，成绩稳定在年级一百左右。但是经过了解之后，我发现我只是普通学校中算得上不错的一名学生罢了，只是老师历届学生中的一名罢了。在我清醒理智地思考后，我发现我太普通了，还有很长的路要走。

我校上周宣传了“直升”政策，介绍了我们学校之前的传奇人物。据说他这次期中考试随随便便就考了七百多分，现就读于成都七中林荫校区，年级排名五十左右。总之很厉害，是家人的骄傲，也是我们学校的骄傲。我十分羡慕，因为我太普通了，我可能生来就不是当什么什么家的料子，不是清华北大未来的学生。我可能将来只能找一个普通的工作，组成一个温暖的家庭，度过和大多数人一样的一生。

但我最近也看到了自己的一些改变，我明白留给自己的时间不是那么充裕了，我也在刷题练习。"双减"政策下，我仍在接受校外培训，这大概就是他们所说的"内卷"。没在自己的学校做到最好，我心有不甘，但却总是狠不下那一股劲儿，自己与自己做的约定会因种种诱惑而破掉。我想成为学校的传奇人物，但我觉得我只是在空想。

我觉得我生下来，一切就已经被定好了，说不定平凡就是我的命。

我是不是思想有问题啊，连叔。

希望能收到您的指教。

辰辰

* * *

辰辰：

不想当一个平凡的人，这个志向很好，人应该有这个志向，尤其你还只是初中生。

确实如你所想，不平凡的概率是小的。概率就是人们习惯说的“命”，但这个命不是被动的，不会你什么也不做，就有好命。中国人说的“命”，从来都是主动的，比如说德要配位，你突然到了一个高高的位置，能量很大，或有权，或有钱，或有影响力，甚至兼而有之，那么，你的道德水准也要很高，不然就意味着灾殃的到来。而高水准的道德，只能靠自我约束，所以我们中华文明讲“慎独”，即在没有监督的独处时光，也要谨慎，不能放肆。这是我们的文明了不起的基因，越是不平凡的人，越不能有特权，他们的职责主要是让世界变得更好。尧把天下传给舜时说，这是你的天命，从此要按信义行事，若让天下百姓穷困，你的命数也到头了。位置越高，自我越小，责任越大，任务越重。

在中华文明里，要当一个不平凡的人，某种程度上，是很苦的。就像伟大的曾子得了重病，以为将死，却如释重负，因为一生战战兢兢，如临深渊，如履薄冰。你了解这些苦，仍然想当一个不平凡的人，那么，我钦佩你，而且渴望你成功，不平凡的人很少，但世界需要他们。

不平凡的筛选标准，不是初三的成绩，也不是高考的成绩。清北的毕业生，多数也平凡。筛选标准是时间，就像孔夫子说的，一个人到了四五十岁，还没美名，则“不足畏”，是个平凡人。人们没那么容易给你“不平凡”的荣耀——考上清北，也只有暂时的夸奖——必须得有漫长的时间做证，必须战胜一连串的挑战。对于大多数孩子来说，这挑战里就有“考不上清北”“考不上好大学”，不平凡的人在这些失败面前，必然不会泄气。不平凡更多体现在失败战胜不了你。即使命运把我们放在更低的位置——不够漂亮，不够聪明——但只要保持韧性，就有改变的可能。成绩上不去，我也努力读书；工作普通，我也努力尽职；让自己的家庭永远有温暖，不嫌弃家人只是平凡人。这样过几十年，你就能处于不败地位，成为一个不平凡的人；即使平凡，你也是能给身边人以力量、以信心、以温暖的人，这样的人，一生是很圆满、很幸福的，谁又能说他平凡呢？

祝开心。

连岳

我不服气

2021.12.16

亲爱的连叔：

您好！

我是一名来自河南乡下的初中生，我现在读初一。我有很多疑惑，希望您能给我解惑。

那么，就先从我自身来说吧！

我在我们班里排前几名，但是，我想做得更好，更加努力，超过那些曾经比我强的人。可是心里是这么想的，但到了实际行动中，又没有多大的收获。平日我回家会做一些作业，还会看一些辅导书。我既然想成功，便需要努力。但是，我找不到对学习的那份热爱，无法朝着目标前行，希望连叔可以给我解惑。

再者，每个人都有梦想，每个人的梦想都是考上清北，我也不例外，我会朝着这个目标前进。但前几天，我在学校看了一场天宫课堂的演讲。看完老师就对我们讲，你看，这就是城市和乡村的区别。别人可以坐在现场与航天员互动，而我们只能坐在教室里看着他们发言。他们听完还可以去科技博物馆体验太空失重的感觉，而我们只能默默地待在家里。

城市里的孩子，难道真的就比乡村里的孩子强吗？

我不认同，虽然我们的一切都比不上城市里的孩子——起点不同，受的教育不同，父母的文化程度不同。

但是这就可以判定一个孩子吗？

我可以肯定地说“不”，虽然他们有比我们优越的资源，但是我们通过自己的拼搏，也还是可以成功的。

虽然我这样想，但是现实很残酷，我也很迷茫。学习到底是什么呢？它为什么能激起所有孩子的斗志，让所有孩子为它欢呼、伤心？

而我也是其中的一分子，希望能上清华北大，有好的事业。

梦想很美好，现实很残酷，学习需要兴趣和天赋。而这两者都没有的人，只能努力拼搏。

怎样才能学好呢？

我想只有……

希望连叔可以在百忙之中回复我。

学习路上迷茫的初中生

*　*　*

学习路上迷茫的初中生:

学习到底是什么?是获取力量的能力,就像植物获取阳光一样。只要完成学校十多年的系统培训,掌握了方法,人类所有的知识就会向一个人的大脑开放,善于学习的人等于拥有了人类所有的力量,想清楚这点,你说,怎能不为学习着迷和欢呼呢?

所以,越弱小,资源越匮乏,起点越低的人,是越需要学习的。也就是说,在人的一生中,当遇到危机,被轻视,被打败,甚至被侮辱,被伤害时,最正确的反应是——我需要学习,学习了才能增加力量,才能走出危机。可惜的是,许多人在这种关键时刻,选择了泄气、自怜、自卑,有些人还走向了怨恨、对立、仇恨。尤其是孩子,理智不足,过于情绪化,容易犯这种错误。从而变成十倍的弱小,十倍的匮乏,十倍的低。你现在就面临这种关键时刻,我很开心,你的反应是对的。当有人传递“农村孩子不如城市孩子”时,你不服气,不认命,坚信自己有美好的未来。

中国现在的城乡,显然有差距。虽然依靠转移支付、高速公路与高铁的联网,以及智能手机的普及,城乡差距已不像我小时候那么大,可这也带来了一些我小时候没有的成长危机。智能手机里,游戏、色情、暴力、虚假信息无处不在。孩子不得不使用时,必须有严格的监督，接受他律，否则一旦掉入陷阱，将难以自拔。农村孩子的监护人，许多是爷爷奶奶，还意识不到这点。孩子本就容易手机成瘾，学习上遇到一点打击与挫折，便想马上放弃学习，改变人生的机会早早错失，非常可惜。

现在城乡差距、教育差距，主要不是体现在硬件。城市的繁华，迟几年看，没什么损失，这几年用来体验乡村的自然，也是收获。差距反而是乡村的孩子早早得到满足，好像活在乐园一般，无人监护，没有他律，零食自由，手机自由。在这种环境中，很难完成学校的系统培训，太容易丧失学习能力。当然，面对如此不利的条件，你仍能自律，面对打击毫不动摇，那么，反而证明没什么能够阻挡你，低将升为高，无将变成有。

什么是最好的学习能力？就是自律加上不服气、不满足，这样的人任何否定都拦不住，永远在进步。

祝开心。

连岳

金融业的“后浪”，来了！

| 2022.1.7

连叔：

你好！

三年级的我对金融非常感兴趣，喜欢看一些如何炒股票或炒期货的书。二年级的时候，我做了一个关于长大想做什么的演讲。我长大想继承我父亲的工作，于是我就开始为我的梦想奋斗。可是对于像我这样一个三年级的小学生，现在就为我长大的梦想奋斗是不是太早了？

为难的钟同学

* * *

为难的钟同学：

一点不早，正是时候。梦想早点确立，是件好事。

一个人的梦想，只要符合两个条件，就是好的：一是有益的，二是需要努力才能实现的。一个人不努力，就能做有益之事，目前来看，是没有的。

所以，小朋友不能说我的梦想是不上学，因为它无益，也不需要努力。也不能说我的梦想是当小偷，成为神偷固然需要努力，却损害他人利益，是有害的。

你的金融业梦想，符合好梦想的两个条件，没问题的。

但金融业不只是炒股票、炒期货，炒股票、炒期货也不只是简单的买进卖出。它对学问与人品的要求，比想象的高得多。达不到要求的人，破产的很多，犯罪的也不少。你要实现梦想，我建议先做到以下几点：

一是好好学习。一个人从小学读到高中毕业，耗时十二年，主要是完成通识教育。所谓的通识，就是实现各种梦想所需的共同基础。在这个基础上，读不同的大学，学不同的专业，从事不同的职业，再逐渐细分到个人梦想的实现之路。梦想越大，今天上课越要认真，小事越要做好。

二是保有旺盛的求知欲。最成功的投资者之一，你将来的同行芒格说过："我认识的聪明人，没有不爱读书的。"这里的爱读书，指的是没有学校的要求、纪律与考试，一个人主动地、持续地、系统地阅读，坚持终生。只有这样，脑子才不会僵化，做出的判断才能正确，不至于因为一个错误的判断毁掉一生的积累——而这在金融业并不罕见。

三是诚实。诚实是最安全的策略。要诚实到什么程度呢？诚实到父母不监督你，你照样能高质量地完成作业；诚实到无人监考、其他同学都在作弊，而你不为所动。人生将会面对很多诱惑，无法保持诚实，那容易别人做假我也做假，别人偷税我也偷税，别人犯罪我也犯罪。这样的人，再聪明都没用，爬得再高都会摔落。接触大量金钱的人，尤其需要诚实。

四是克制。管理好自己的零用钱，克制冲动的、不必要的消费，慢慢积累资金。管小钱与管大钱的原则是相通的，所需要的克制也是一样的。同时，也可在父亲的指导与监督下，尝试用自己的钱做一点交易，有点切身体会，赚的体会重要，赔的体会也很重要。

祝开心。

连岳

教育的三个目标，排序不能错

| 2022.2.8

连叔：

您好。

我是一个普普通通的中学生，现在初二，下半年就要迎来“小中考”。我成绩其实不错，基本能保持在年级前5%。有人说我是已经破茧而出的蝴蝶，但我觉得我好像只是一个月亮——只会反射光，不能发光。

首先，我是一名球迷，怎么“入坑”的具体已经忘了。足球喜欢尤文图斯，篮球喜欢休斯顿火箭。这两支球队最近几年的表现都比较不尽如人意，这些会影响到我的情绪。我曾经一度幻想自己也可以像那些解说员和记者一样，“指点江山，激扬文字”，写一些球评什么的。但现实很快给我泼了一盆冷水，写这些东西会让我使用手机的时间大大增加，学习的时间大大减少（如果要写球评，学习成绩就必然下滑）。而我经常不知道如何取舍，在学习的时候经常去想着写球评，写球评的时候又经常想着学习，啥都没干好。

作为学生，虽然说现在看来我成绩不错，但我自己觉得还是有一些水分，因为我强势科目的分是要换算的。不仅如此，考试前，佛脚抱得最凶的也是我。这些问题困扰我很久了，但我好像没有动力去解决。其实还有同学们不知道的一点——我的学习需要我妈监督，一旦我妈管得松了，我的心思就不在学习上了。有的时候我是真的觉得学习这个事好烦啊，有的时候却又有一股上进的拼劲。除此之外，我肥胖的身材也给我带来很大的烦恼，虽然说同学们不会嘲笑我，我也经常想着去减肥（晨跑），但人是铁做的，床是磁铁做的。

最后，作为一个普通人，我想与众不同，自有自的风流，却限于自身的能力——我的成绩虽然好，却也不是年级前十的水平，与直接靠成绩让大家都心悦诚服，还有一段距离。这样我只能在亲人面前与众不同，明明想吃的东西，嘴上却偏偏说不想吃，这让我和家长的关系常常很僵，有时还会因为这个冷战一个晚上。

连叔，也许在你看来，这些并没有什么大不了的。但这些对我，无疑就像是悬在头上的达摩克利斯之剑，在还没掉下来时是恐惧,一旦掉下来,就是灾难了。

希望连叔能给我一些建议,帮我走过这个难关。

JG4

*　*　*

JG4:

你有两个优势。

一是你有个好妈妈。她一直在监督你的学习。而长期监督一个孩子学习,是艰难的、漫长的,经常让人崩溃的工作,只有兼具了爱与耐心,才不会半途而废,才会愈挫愈勇。

第二个优势是你知道妈妈的好,她若放弃监督,你的学习可能就垮了。

没有第二个优势,第一个优势就可能将化为乌有,你会抗拒、怨恨妈妈的监督,当这个外在的监督一消失,你整个人便如一摊烂泥失去扶持,散漫无力。自立的标志就是外在的监督变成内在的自我监督,他律变成了自律。妈妈永远在你心中,路不会走歪。

教育有三个目标,按其重要性排序,第一个目标是塑造温暖的人格,能感受他人的温暖,也能回报他人以温暖。一个没有礼貌、呆若木鸡、以自我为中心、六亲不认的冷冰冰的孩子,会理所当然地认为人人都应该伺候我。这样的孩子再聪明都没有用，甚至越聪明造成的伤害越大。你不是这样的孩子，因为你感谢妈妈的监督，这感谢就是温暖，就是理解了更深沉的爱往往是以纪律、严厉和批评的面目出现的。一时情绪反应，可能不开心，但你内心深处，已经知道要用一个成长得更好的你回报这些爱。终身学习、终身成长的种子已经在你身上扎根、发芽了。

教育的第二个重要目标很容易被忽视，那就是健康。很多家长也认为只要孩子没生病就是健康，胖一点没关系，没有运动习惯也没关系。这是大错特错的。我非常推荐一种适合全家的、适合教育的、没有门槛的运动方式，那就是每天半个小时到一个小时的不间断散步。我几乎每天都和老婆散步一个多小时，基本不带手机。不带手机看不了微信，接不了电话，拍不了照片，但这些都不重要，专心走路聊天更重要。你可以从散步开始锻炼，最好建议妈妈爸爸与你一起，一举多得，既有利于健康，又增加了一家人的交流互动。父母的好理念在聊天中不知不觉地传达给你，你成长的困惑也将更多地被听见，被化解。这个时间，比单纯用来读书价值更高，是必须要花的。有了散步习惯，你以后也更容易养成其他运动习惯，由易到难，控制体重是做得到的。

教育的第三个目标才是尽量有个好分数。这被很多人当成了最重要的目标，那是本末倒置。有温暖的人格与健康的身体，成绩即使不好，人生也是幸福的。没有温暖的人格，随意损耗自己的健康，北大清华毕业，人生也是不幸的。这不是说分数不重要，而是努力了就接受结果，毕竟成绩拔尖的学生，永远只是少数。再说了，你的成绩也不错，和妈妈少怄一点气，把体重降到健康水平，你的成绩还能往上走。

至于写球评，不急。我作为一个球迷，建议你十年后再写。一是球评要写得好，自己要有足够的运动体验，这样你才能体会球员在场上的生理与心理反应。二是球评是体育生态中最不重要的一环，这部分工作可能大部分将由AI接手。

祝开心。

连岳

佛祖让我读大专，连叔让我读什么？

| 2022.7.5

温暖的连叔：

您好，展信佳！

我是已经高考完一个月的迷茫考生，我来到了人生的分岔路口，不知道该怎么选择。希望能得到您的一些建议。

高考成绩下来了，我是一名传媒类的艺考生。我的艺考分和文化课分数都过本科线了，但考上一个本二院校还是挺难的。我对于传媒类的专业有着独特的兴趣，不过现实对我的打击是残酷的——我并不能如愿去我的理想院校念书。

我心中坚定的想法是我还想继续读书，家里人对于我这个想法表示支持。我也将我接下来可以选择的读书方案进行了整理，分别是：复读，去省内的大专就读，或者去马来西亚QS100（注：英国QS公司发布的大学排名）左右的公立院校读传媒类专业。

复读这个方案被母亲第一个否定了，接下来就是大专或出国留学，我不知道怎么选择。无论是哪一条路都不会是一帆风顺的，我都要承担相应的代价，要吃更多的苦。不过我不怕吃苦，但我怕连累爱自己的家人。如果读大专的话，第一学历将会是我心中过不去的一道坎，大专院校的氛围环境都挺让我害怕的，因为我接收过太多太多关于专科院校风气不好的信息。出国留学的话，马来西亚不是发达国家，华人多，生活各方面和国内其实相差不大。但是去这里读书却是我能拿到本科学历甚至硕士学历的一块跳板。

我有种不甘心吧，不甘心就此去大专院校。所以我就让妈妈带我去村里一个她认识的有名气的老奶奶那里求签，求了两支本科院校的签都说很难。又求了大专的签，解签说是极好的签，还是状元签。最后求了出国留学的签，那位老奶奶问我要去哪儿，我说马来西亚，她就说不妥不妥，那地方条件艰苦，去也不是好路子。后来老奶奶帮我解签说是山堆成金，很难。佛祖给我指的是大专的签，但我还是不甘心读大专。但我母亲觉得神明已经给我指明了路，就不要再去走一些不必要的弯路了。

连叔，我知道能力很重要，可我也想得到这份学历。家里人是觉得有能力就够了，学历没那么重要。可我想我读书的时间只有这三四年，之后出来就是工作、结婚、生子，这辈子没有机会再去真真正正地读书了。出国也没有那么容易，诱惑是存在的，有的人出去贪玩，作业不及时完成导致不能及时毕业。此刻说我能抵制诱惑有点苍白无力，只有最后拿出结果才行。我是该遵从自己的想法（会不会很自私），还是按照这次求签的路子去走呢？可是那不是我想要的。

我不知道该怎么做人生的抉择，求连叔点醒我，祝您平安喜乐，万事胜意！

一个不知道该怎么选择的高中毕业生

* * *

一个不知道该怎么选择的高中毕业生：

既然你让妈妈带你去求签，说明你们都是信的，那就按佛祖的指示去做，没有国内本科院校录取你，就接受读大专的结果。

从理性分析，结论也是一样的。

一、你读大学，父母是出资人，他们承担成本，他们的意愿很重要。显然，你妈妈认为大专也能接受。我们应该尊重出资人，这是一条非常重要的人生准则。孩子总认为花父母的钱天经地义，但到了高中毕业——基本都过了十八岁——就没有那么天经地义了，不宜强求父母。去马来西亚，可能会增加父母的经济负担，同时，疫情尚未结束，也增加他们的心理负担。

二、第一学历确实重要。但是，具体问题具体分析。一个绝大多数中国人现在不知道，将来可能也不会知道的马来西亚大学的本科学历，其价值未必能超过国内的大专，更未必能超过国内的专升本。我们所说的第一学历很重要，它往往是指，如果一个人考上了非常好的大学，他的本科学历就有足够的说服力，不仅比专科厉害，可能还比一般的研究生厉害；而不是说只要是本科学历，无论是什么学校，就都可以证明你比专科生厉害。事实上，含金量低的马来西亚本科学历，甚至会在将来的求职中给你招来偏见，招聘者会认为你不够务实，不够诚实，欲盖弥彰。现在，国内的本科生都富余，机会一般先给他们。

三、读大专只是暂时的，不是盖棺定论，不得翻身，不是有专升本吗？上升通道一直开着，真想读书，真会读书，真爱文凭的人，他们有一生的时间可以从专科读到博士。

四、你听说专科院校风气不好。且不论这是否属实，就算属实，专科院校也是学校，不是黑社会，不是监狱，风气不好并不是指发生了偷鸡摸狗、寻衅滋事、杀人放火的事，了不起就是学生上课不认真，沉迷于打游戏。学校的老师可多数都受过好教育，图书馆也有的是好书，你想好，资源足够。还有，辩证一点想，同学不好学，你专升本不就少了竞争对手吗？

高中读不好，确实遗憾。不过，只要不想着一步登天，不取巧，不虚荣，一点点下苦功追，遗憾也会得到弥补。佛祖也得一步步修行，我们凡人更应该做足笨功夫、慢功夫，才能熬出人生的好滋味。

祝开心。

连岳

要不要父母撕下的这层皮？

| 2022.7.20

连叔：

您好！

我是一名刚中考完的初三学生，我考砸了，很多三模成绩比我差的人都追上我了。我现在不仅可能上不了公立高中，可能连私立学校或“三二分段”都没得读。

录取分数线还没有出，但我知道我的成绩很难上公立。可能我报的职中也只是比公立高中的分低一两分而已。我很慌，我不知道怎么办。

父母已经开始询问我是读职中还是读私立高中了。他们说如果我要读私立高中，他们“撕一层皮”也要供我读。

我很难受啊，明明这一年我很努力，只是三模后有点得意忘形，成绩就落下去了。

怎么办呢，连叔？我不知道是读私立高中好还是读职中好。我不想努力学习了，但我又不甘心读职中。

我现在生活很糟糕，每天熬夜到早上六点，睡到下午四点。每天就睡觉、看动漫、读小说，甚至连吃饭都没什么胃口。

我以为我是黑马，但我只是个自欺欺人的小丑。我的内心好难受。我朋友也安慰过我："中考不是全部，你又不是不知道。"我知道，但是我又怎么可能原谅自己。

写得有点乱，请连叔见谅。

祝连叔健健康康，家庭圆满。

伤心的小丑

* * *

伤心的小丑：

你有好父母，只要你想读书，"撕层皮"也愿意供你。

我估计，你父母在你这个大孩子面前，也很卑微了，不敢管，不会管，所以，放任你晨昏颠倒，生活不健康。他们只能以牺牲自己的方式，赌你能自省、自新。

养孩子是漫长的、复杂的、艰辛的工程，孩子若不成器，父母会显得很凄凉。孩子多的家庭，某个孩子不成器，还有回旋余地，其他孩子成器即可。只有一个孩子的家庭，输掉一个孩子就是输掉了全部。不知你有没有兄弟姐妹，但无论有没有，你都不应该是那个不成器的孩子。

你别误解，中考没考好，不是不成器。考不好，有各种因素。既有无法责怪的客观因素：有的孩子开窍迟，有的孩子不擅长读书；也有不努力的主观因素。你应该属于不努力（只努力一阵子，只努力一年，都是不努力，努力是不间断的持续行为）。但即使这样，也不能给你下“不成器”的结论。毕竟，你还没成年，人生尚在开始阶段，未来还有无限可能。读职中，求学的大门照样敞开，你一步步升级，读到博士也可以。不想拼学历，磨炼技能，可以当个大国工匠——比一般博士重要得多。如果没法如此耀眼，做一个自食其力的人，孝顺父母，疼爱孩子，夫妻和睦，那也是成器，成大器。

中考没考好，天没有塌。就算因为不努力没考好，天也只有一点塌下来的样子。一个人被中考失利打醒，从此努力了，那就是因祸得福，从此头顶将有个好天。

可怕的是，孩子，你不想醒。你现在的行为是放纵的、不负责任的。你的想法是“我不想努力学习了，但我又不甘心读职中”，那父母只能“撕层皮”供你读私立高中。可带着这种认知与行为，进高中混三年，结果就是必然的高考惨败。到时怎么办？父母皮撕完了，割肉剔骨让你继续混下去？连对父母的恻隐之心都没有，这样的人，不可能理解并享受真正的人生乐趣。

醒过来吧，就从今天开始，早睡早起，锻炼身体，健康饮食，尊敬父母，戒掉手机瘾，在知识上补缺补漏，当一个努力的人。无论你是读职中，还是读“父母之皮”换来的高中，努力都是必需的。

祝开心。

连岳

人生的好事需要慢慢成就，领先一步就行了

| 2022.7.28

连叔：

您好，展信佳！

我是一名初二的学生。自从读了您的《少年问答》(1、2)后，我就决定要给您写一封信，说说我的故事。

我是一个很复杂的人，当然每一个人都是复杂的。

首先，我不像其他小朋友那样迷茫，我有明确的人生理想。有时候，我是十分羡慕自己的，因为我很早就有一个目标可以让我奋斗。我想上中国人民大学法学院的法学系，毕业后到律师事务所工作，成为一位个性鲜明的优秀律师，毕生捍卫法律的尊严。同时我也是个十分自律的女生，出门都会带书刷题，吃饭也一样。我不刷抖音小视频，可以一天都待在自习室里学习。

从2022年的2月22日起，我开始利用课余时间学习刑法知识。我是通过免费网课学习的，没有任何书本资料，只有一个笔记本。我一字一句地去理解知识点，不断地暂停视频记笔记，这样的学习是最朴素的，也是最艰辛的，但我喜欢。

为了拓宽我的知识领域，我不断地去接触新的知识，包括法律英语。法医物证学也是我正在接触的内容。

一次，我收到了一本中国人民大学出版的《宪法学》。这是我人生中第一本真正意义上的法律专业教科书。我放弃了休息时间而去读这本我喜欢的书，我一直坚持着。

听起来，我是一个有追求、有梦想，十分“完美”的女孩子。是的，至少在很多人眼里是这样的。

但八下的这次期末考试，我感觉我考得不太好（成绩还没出），我太害怕在简单的题上出错了（因为大家都说这次的考试很简单）。考完试后，我与三个好朋友出去玩了，逛了商场也吃了饭。但是，一旦我们不说话，不干事情的时候，我就会想到期末考试，想吐，有点晕，很累很累，想要马上回家。我在朋友圈里发了照片表达了我的“高兴”。但一回到家我就趴在妈妈怀里哭了，一是因为感觉期末考试考得不理想，自己的努力和回报没有成正比（其实每一次的大考、小考都是这样的）；二是太累太累了，当朋友在玩游戏的时候，我笨手笨脚的，像没有见过世面一样，有点委屈。在等成绩这几天的学习和生活中，我总是走神，都是因为期末考试。我太害怕了，更怕没出成绩就讲试卷，对答案。明天，我就要返校了，我真的无法鼓起勇气面对试卷。

我问过妈妈“我的努力与回报不成正比”的原因，她说是因为她讲的东西我没有吸收。我很感谢我的母亲，感谢她为了我的学习，自学五门功课，陪着我，为我到处找资源，听课。我也对我的母亲感到很抱歉，她付出了很多，但我没有好好听进去，还嫌她烦，成绩也没有起色。我在很努力地学，她也在很努力地陪学。但我还是会和她发生争吵。

妈妈还问我要不要当幼师，这样不用高考就可以上大学了。但我依然选择了这条路，这条铺满荆棘的路，选择了就继续走下去吧。连叔对我的学习生活有什么更好的建议吗？谢谢。

（内容有些杂乱，请见谅。）

祝开心。

小潘

* * *

小潘：

抱歉迟了一个月才回你的邮件。一则不停有更紧急的邮件需要我回；二则我不太担心你的情况，你有远大目标，又自律，又勤奋，这次期末没考好，以后也能考好，到高中毕业时，如愿考入人民大学的可能性很大。

你确实领先同龄人很多。我想，初二学生读人大《宪法学》的，全中国估计就你一个。如果初二期末考《宪法学》，你必然是第一名。这就是说，如果你领先过多，脱离了当下的环境，那么，这个领先就会“耽误”自己。一个人领先、聪明，并非万事大吉，还得领先得刚刚好，聪明得适度。否则，容易聪明反被聪明误。

这个“刚刚好”“适度”，怎么才能做到呢？那就是始终先出色地完成主要任务。有余力，再来做领先的事。越聪明，余力越多。比如一个学生在老师授课时高度专注，做完作业后就全部掌握了知识，考试也总是前几名。他每天就有更多的时间去满足自己的兴趣，去探寻更深奥的知识。具体到你身上，你的主要任务是当一个出色的初二生，各门功课都优秀——体育课也要好，课间注重休息、放松。学校的教育设置是环环相扣的科学体系，课间不休息，反而未必有利于学习。该学习时认真学习，该休息时认真休息，不过于轻松，也不太累，往往是效率最高的。

抓住主要任务，是能让你真正领先的大本事。以后你读高中、大学，当律师，成家立业，时时抓住主要任务，你就能时时领先。就是简单的聊天，不脱离主要任务，不忘主题，也能令闻者喜悦，不然听你说话，枝枝蔓蔓，不得要领，最后一无所获，令人沮丧。

从现在开始，到高中毕业，你的主要任务只有一个，就是先考上中国人民大学。所以，先把初中读好，考一个好高中，到高中再一年年地把功课学好。人大的法律课程，我建议先缓一缓，放心，它们跑不掉，会一直在人大法学系等你的。法律是公序良俗、人情世故的抽象化、系统化，人生阅历越丰富，对法律的理解越深刻。年纪太小，人生还没展开，很难理解法律的底层逻辑，甚至会对其产生错误理解、偏执理解，变成费力走弯路。最后，次要任务没完成，主要任务也荒废了。你考不上人大，事先读《宪法学》也意义不大。相反，聚焦主要任务，保持耐心，只要能永远领先同学一步，积蓄力量到考入人大，打开你从来没读过的法律课程，接下来的人生，你都将势如破竹。

当然，也可能在接下来的几年里你会改变目标，比如想当科学家、宇航员、医生、老师，目标大学也随之调整。但主要任务都是一样的，就是先考进这所目标大学。

祝开心。

连岳

文凭自卑这关一定要过

| 2022.8.19

亲爱的连叔：

您好！

我是一名十七岁的女生，家境普通，住在农村，爸爸妈妈务农，家中还有个哥哥。从小我的学习成绩就不好，因为没有考上高中而去读了“3+2”。所谓“3+2”就是学制五年，前三年在和大专院校合作的中职学校里学习并参加考试，第三年“三二分段”中职接高职统一考试合格即可到大专院校学习两年，如若没通过考试即发放中专毕业证，以中专学历结业。即便是通过考试，大专毕业后拿到的毕业证上面也会注明“初中起点两年制大专”的字样，受“3+2”学制限制，我所拿到的并不是正常的统招全日制大专学历。

现如今我已通过考试，还有一个月就要去大专院校学习了，可我并不想去这个学校学我现在所学的专业。我学的是休闲农业，可能很多人听都没听说过，甚至就连在中职给我上课的老师都不知道这个专业到底是干什么的。在这几个月里我一直在思考是拼一把从头再来，还是老老实实地去这个大专混个学历。自从上了中专，我的学费和生活费都是我哥哥负责的。他只比我大八岁，却因为担心爸爸妈妈压力大主动担起了供我读书的责任。我很感激他们，也很对不起他们，我怕因为我做的一个决定而让他们在接下来的几年更加辛苦，也害怕自己的选择是错的，怕自己以后会为此后悔。

感谢您的阅读，期待您能给我一些意见。

一个迷茫的未来有钱人

* * *

一个迷茫的未来有钱人：

你有个了不起的哥哥，他今年二十五岁，算起来，从二十二岁开始，就在负责你的学费与生活费。那个年纪的人，很多尚未自立，手心还向上；有些开始赚钱，但发愿做一件事却往往虎头蛇尾，坚持不了。你哥哥说到做到，这个素质，少有。好好向他学习。有一个哥哥，他还值得你学习，这是难得的幸运。当然，你也不要有压力，哥哥从照顾你这件事上也获得了巨大的成长，他会有成就感的。主要是一辈子还长，报答哥哥的机会有的是。不要怕欠哥哥的，只要你以后走得正，长得好，过得幸福，你和哥哥都能从这几年的经历中源源不断地获得精神财富。

休闲农业，这个新专业，我猜想是将农业与服务业结合起来，以找到新方向与新市场。农业在今天，规模小，且已无利可图，累得半死最后可能亏本，农民没有动力。所以它要走两个方向：一是农业工业化，大规模，细分工；一个是农业服务业化，在交通便利，风景优美，不适合大规模耕种的地区，将农业与旅游、教育、体验结合起来（比如，有机会的话，城市的父母很愿意让孩子在田地里识五谷，勤四体）。这样，小规模的农业也能产生大收益，做一件事，同时保证了粮食的产出、农业的进化以及服务业的拓展。我的猜想是片面的，休闲农业的内涵外延肯定大得多。我的意思是，一个说不清楚的新专业出现，值得试一试，把它读完。新专业成功的话，你是第一批吃螃蟹的人，可挑最肥最美的。不成功的话，你到时也才十九岁，拿到大专文凭进社会干中学就是了。

只要是国家认可的大专文凭，上面写什么字都是同等的大专学历。中考、高考失败的孩子，文凭自卑是个大坎，过不去，诸事不顺都怪文凭不够，一生自卑。过得去，那文凭是小事。是啊，文凭低你可能考不了公务员，可是没有不许你当大老板。你去买一套一千万的房子，钱足够即可，文凭低的人不必多掏一分钱。喜欢文凭，大专毕业后慢慢一步步往上考，但文凭自卑这关一定要过。就是你一辈子止步大专文凭也不怕，只要你人品好，有本事，必有好人生。

你想成为未来的有钱人，这很好，但一个自卑的人很难有钱，因为有钱比有文凭更难，需要你有不屈的意志、无穷的自信和强大的行动力。

战胜了自卑，你必将走进一片新天地。

祝开心。

连岳

4 家人让我们成为更好的自己

如何当好姐姐？当姐姐的意义是什么？

| 2021.12.9

连叔：

您好。

我是一个五年级的小学生。在妈妈的引导下，我关注了你的公众号。今天我跟您分享一个消息：我的妈妈怀孕了，我一开始根本不相信，因为我一直是个独生子，爸爸妈妈以前问过我要不要弟弟妹妹，我都很犹豫。但最近几年，我觉得有个弟弟妹妹也不算是坏事，所以就跟我妈妈说想要。最近妈妈去体检，回来后告诉我她怀孕了。我又欣喜又紧张又疑惑，在询问了多次之后，妈妈拿出体检报告我才相信。我回家以后，就一直在思考怎样当个好姐姐。这个问题，我也想要请教一下连叔。

祝身心健康，工作顺利。

Viky

*　*　*

Viky:

恭喜你们。

你爸爸妈妈了不起。现在不少人觉得生活、工作压力大，生育的意愿下降，他们生二胎，本身就是有能力、有勇气、抗压性强的体现。当然，你的支持也很重要。一家人一起努力迎来一个新生儿，这已经是一个成就。

我也有妹妹，还有两个。虽然她们现在很强大，但一想到她们，脑中浮现的还是她们小时候的模样。她们对哥哥的情感，也是在小时候固定起来的——永远爱哥哥，崇拜哥哥。这是我们当哥哥（姐姐）的福利。

多得到了一份爱，当然也多了一份压力，觉得自己要对得起哥哥（姐姐）这个"荣誉称号"，自己太不争气，太没出息，那将辜负弟弟妹妹无条件的信任与爱，这信任与爱自然也会逐渐消失。

哥哥姐姐是弟弟妹妹的引领者、保护者，他们的威信与影响力，有时候比父母都高。知道了这个定位，那么，压力就不再是压力，确切地说，是弟弟妹妹送给哥哥姐姐的内驱力，对成长来说，是好事。只有一个孩子，就比较难理解这点。人理解自己，需要把自己放在人与人的关系中。"人的本质是一切社会关系的总和。”这是马克思的一句名言。与父母的关系，与弟弟妹妹的关系，是最重要的社会关系。所以《论语》里说：“孝悌也者，其为仁之本。”“孝”是父母疼爱孩子，孩子敬爱父母；“悌”是哥哥姐姐引领、保护、关爱弟弟妹妹，而弟弟妹妹敬爱哥哥姐姐。这四种关系和谐，那世间的人都可归类进入某种和谐，长辈就像父母，晚辈就像孩子，长几岁的像哥哥姐姐，小几岁的像弟弟妹妹。中国人有家国情怀，理解了家就理解了国，而把国人当成家人，就是大同世界。举轻若重，举重若轻。

当一个好姐姐（哥哥），变强是第一位的，强者才有能力引领他人、保护他人、爱他人。这也需要更自律、更自觉，生活与学习习惯更好。另外，不要争风吃醋，弟弟妹妹刚出生，更弱小，肯定需要父母更多的精力与关照，而你是强于这个小家伙的，是给予者，不必去争宠，过不了多久，他回报你的爱，能融化你。

祝开心。

连岳

这就是有小妹妹的好处

| 2021.12.24

亲爱的连岳老师：

我先来自我介绍一下，我是一名二年级的小学生。

事情是这样的，我哥哥今年读初三，变得比较叛逆，父母讲话也不想听，每周回来就想玩游戏。他平时在学校住宿，有一天晚上他睡不着，听见隔壁宿舍有一点声音，就去看了一下，是有同学在打扑克牌，他也加入进去了，没过几分钟，一盘还没打完就被老师发现了，被罚停宿一周。

平时哥哥在学校成绩还是挺好的，因为这件事我哥哥情绪很低落，哭了一场，家里人说话也听不进去。周末他自我放弃，在家通过打游戏来发泄。这个星期他每天要5点20分起床上学，晚上九点半还要坐地铁回家。哥哥就快中考了，我真的很想帮助哥哥处理好这件事，避免影响他升高中，但是我实在没有办法，希望连岳老师看见这封信，可以帮我解答一下。

求回信。

一位想帮哥哥的妹妹

* * *

一位想帮哥哥的妹妹：

你放心，哥哥没什么大问题。他成绩好，学校管理又严格，走偏的可能性很小。

处于叛逆期的孩子，经常与家长老师刻意作对，你让他往东，他非往西，即使他自己也知道往西不对。这段时间，若没有力量能够抑制他刻意作对的冲动，成长风险自然急剧加大。学校处罚你哥哥后，他哭了一场，这说明学校的权威足够大，可以降低他叛逆的风险。

一个人的成长不容易，需要得到很多人的帮助。各种帮助分工合作，起不同的作用。就像你哥哥，学校起到了教育与管教的作用；父母起到了耐心陪伴的作用——抚育孩子得经常与他们讲道理，还要受委屈（因为要忍受孩子的叛逆）；你这个小妹妹也有大作用。

小妹妹的作用就是在“小”。为什么所有人都喜欢小动物？——小猫、小狗与小孩。小动物具有“萌”的特质，看上你，靠近你，蹭上你，你就只能投降，乖乖地抱它，爱它，对它负责。“萌”就是小动物进化出来的生存能力。你现在在哥哥的眼里与心里，就是这样一只小动物，只要站在他旁边，抱抱他，就能给他带去巨大的力量。你还那么小，不能管教他，也不会讲道理，但这有什么关系，你的优势恰恰是不讲道理，不管教。管教、讲道理，那是爸爸妈妈与老师做的事，你只要信任哥哥就行了。

哥哥将来的成长，还会有这样那样的问题，但有你信任他，他走偏的风险就小很多。这也是有个小妹妹（或小弟弟）的好处，当哥哥姐姐得到他们的信任时，将产生许多积极的作用，比如温暖、感动、振作、保护欲、爱。而这样的哥哥姐姐，更值得弟弟妹妹信任。这种良性的情感互动，很稀缺，成年人费尽千辛万苦找到的爱情是一种（比如你爸爸妈妈的关系），而哥哥姐姐与弟弟妹妹，天然就有这爱，这是与生俱来的珍贵礼物。所以没事，有你在，哥哥这关能过。同样的，再过几年，你到了叛逆期，有哥哥在，也不怕过不了关。

祝开心。

连岳

一心三用

| 2022.1.25

连叔：

您好！我是一名小学五年级的学生，成绩中上游。我不为我的学习而感到慌张，但家庭情况却让我很头疼。

我的妈妈是做生意的，爸爸是公务员，家庭情况目前不是很好。就在去年某个时间，我妈妈跟我爸爸发生了第一次巨大的冲突，吵得很激烈。当时我正在睡觉，只觉得整个房间里氛围十分紧张，我心里很不舒坦！后来有了第二次、第三次……

再后来我知道爸爸背着我们欠了很多债，每天都在为债务发愁，他走到哪儿，那些讨债的人就跟到哪儿。他借了高利贷、网贷还有其他亲戚朋友的钱，所以每天都有人追着他要债。我现在为我爸爸的处境感到非常焦虑。爸爸每天心情都不是很好，唉声叹气的。妈妈的生意因为疫情，也受到很大影响，挣不了多少钱。

现在整个家都需要我妈妈来维持,很不容易。

这期间我最大的感受就是家里总是乌烟瘴气的,每天都有吵架声,而且十分激烈!但是我又改变不了什么,再后来他们就分开了。

漏洞的确都是在我爸爸身上,他的亲戚朋友都在埋怨他,他对我也不关心。妈妈也觉得他不是一个称职的爸爸,对家庭没有责任心。可是我每次看到骂他的人心里还是会很生气,我都想上去揍他们一顿!我印象最深的一次是,有一次讨债的人在他单位赖着不走,他又没有钱去还,导致爸爸在那段时间又是哭又是想要自杀的。后来我了解得也不多,只知道讨债的人走了。我在那暗骂讨债的人,干什么不好,非得折磨我爸?他要敢打我爸,骂我爸,我非得报警不可!

您觉得我应该怎么做呢?希望您可以给我一些安慰,谢谢!

祝万事如意,身体健康!

一枚学森

* * *

一枚学森:

你现在要做的,是一个专心,一个不关心,一个关心。

一个专心就是专心学习。每个人在人生的每个阶段,都有其主要任务。小学生的主要任务就是学习。把主要任务完成好，烦恼就会减少。烦恼越多的时候，越要完成好主要任务。家庭出现变故，父母无暇、无心管教的小学生，最容易学习滑坡，甚至染上坏毛病。等你父母度过危机，清醒过来后，发现你的学习已很难挽救，甚至走上歪路，那种痛苦将会摧毁他们。所以，你对他们最好的帮助就是完成主要任务，越是兵荒马乱的时候，越要好好学习，按照老师的要求严格自我监督。你学习好了，能从老师与同学那里源源不断地得到正面反馈，你的心情也会变好；同时，也能给你父母，尤其是爸爸，输送一点正面的力量，用你的行动告诉他们如何更好地走出逆境。

一个不关心就是不关心你父亲的债务危机。他的危机总会过去的，时间问题。在这段时间，无论长短，他与债主的纠缠，他要死要活，你都要学会屏蔽，不关心。孩子会本能地关心父亲，甚至有某种无形的压力让你要表现出关心与痛苦，让你以为镇静与抽离是不对的。此时恰恰需要反本能，你不能去关心。你关心了没用，只会白白浪费时间与精力，让你专心学习的任务完成不了。再说了，你父亲必须解决好自己的烂摊子，这样他的能力与责任感才能提升，将来才有幸福可言。

当然，这不是让你变成一个冷漠的孩子。能冷，也要能热。

对该冷的人必冷，对该热的人必热，这才是感情的正确使用方法。你要做的一个关心就是对妈妈热，关心她。她是目前压力最大、最痛苦的人，既觉得被丈夫背叛，又觉得对不起你，更对未来感到迷茫，说你目前是她最大的依靠，也不算夸张。此时，一个能把自己管理好的孩子，一个体谅她情绪的孩子，一个能够适时安慰她的孩子（你的微笑与拥抱即可），是她人生的大意义、大指引。

人总是不想碰到痛苦与危机的，但总要靠痛苦与危机成长。你在小学五年级就碰上这么大的痛苦与危机，是早了点，可成长得也早。你因此学会了“心”的运用，人生以后的痛苦与危机就少了——痛苦与危机来了也不怕——到了你爸爸那个年纪，你就不会犯他的错误了。

祝开心。

连岳

有畏惧是好事

| 2022.2.14

连叔：

您好！

我真的要疯了！我是一个初一的学生。上个学期，我做了一件不好的事情——我偷了家里的一万块钱。我也的确意识到这是一件非常恶劣的事情。寒假时，这件事被发现了，为此我写了一千多字的检查并接受了惩罚。但是让我实在无法忍受的是，第二天妈妈的剪刀找不到了，她问在不在我这儿，我说不在并好心帮她找，但还是没有找到，于是她说了这样的话，大概意思是：家里怎么老丢东西？肯定是你这个败家玩意儿干的。

我觉得她的确有理由怀疑我，我就没说什么，继续做自己的事情。过了一会儿，她在她的桌子上找到了剪刀，但她竟然一点道歉的意思都没有！于是我就拿着正在做的手工（一个饮料瓶子）向她走过去，当我走近她时，她竟然给了我一个可以理解为爱搭不理的眼神，我气得不行，于是顺手竖起手工，说："你误会我了，赶紧道歉！"于是她跟我道了歉，但是这件事还没有结束。过了一会儿，她过来对我说："你竟然想打你的长辈！我真不应该给你道歉！"我跟她说："对不起，我的确不应该朝你比画，但你的确错怪我了啊，为什么不道歉？"她竟然理直气壮地说："你做了那样的事情，就应该被怀疑！"

后来，大年初一，妈妈和爸爸让我先带妹妹到楼下去玩，过一会儿他们就下来带我们去香山。我和妹妹玩了好久，他们都不下来，于是我就给他们打了个电话，想催催他们。电话一接通，爸爸就说："你他妈的是不是用我的优盘跟别人换东西了？"我的确用优盘跟别人换过东西，但用的都是家里不重要的优盘。于是我说："有没有可能是上次我拷那个视频的时候落在老师办公室了？"我以前做过一个视频，因为视频是在爸爸的手机上剪辑的，爸爸就借给我他的优盘，让我拷给老师。爸爸竟然说："我从来都没有借给过你！"我只好又和爸爸解释，但爸爸好像还是没有明白，最后，他说："Shit玩意！"然后就把电话挂了。我打了个电话竟然莫名其妙地被骂了！但我一开始还是认为他的确有理由怀疑我，所以我只是想解释一下，然后催他快点下来，但我给他打了三个电话他都不接！我只好上去找他，我实在是气得不行了，也顾不得那天是大年初一，见到他以后就把那骂人的话又还给了他："我他妈的拿你的优盘干什么？！"爸爸当然也气得不行，说："你怎么能这么跟长辈说话呢？"然后还打了我。

这实在是让我受不了：1. 不管怎么样，如果基本可以确定错怪了别人的话，难道不应该道歉吗？ 2. 就算气得不行也不能随便骂我啊！ 3. 既然长辈都可以随便骂人还不道歉，那我凭什么就不行？难道我就应该默默忍受吗？？！

一个快要气死的人

* * *

一个快要气死的人：

你胆子大，不好惹，作势打人时，连妈妈都胆寒，全中国，有这"杀气"的初一生，估计是个位数。这特质可以变成大优点，也可以变成大缺点。

当它变成大优点时，你将不怕挑战，不惧困难，不畏强敌，敢闯敢拼。世上没什么事能挡住你，你想做什么事，基本都能做成。你一生的使命可能是大英雄、大科学家、大将军、大冠军、大企业家、大政治家、大探险家，成为那些造福人类的大人物中的一员。

当它变成大缺点时，你将没有克制，没有敬畏，谁挡在你面前，谁就倒霉。父母挡不住你，老师挡不住你，道德挡不住你，规矩挡不住你。你开始是小霸王，最后会变成大恶人。当然，这世界最后是能挡住大恶人的，方法很简单，有警察、有监狱，可以把他关起来。恶贯满盈，会被处决。

要把它变成大优点，你还是不宜太凶，要有点畏惧，有点耐心。从这个角度看，你爸爸目前凶一点，让你还有点畏惧，这是坏事变好事。如果他也像你妈妈那么温柔的话，那就拦不住你这个初一学生了，你几乎可以为所欲为。你受点委屈，有利于增加耐心，对不愉快的事，反应的强度逐渐下降，从“快要气死”到“快要气半死”到“气三分之一死”到“不怎么气”，至少要忍一个学期。

你父母目前对你没有信任，那是正常反应。你知道在成人世界，偷一万块钱会受到怎样的处罚吗？至少要拘役几个月，认罪态度不好，还得久一点。这意味着犯这么大的错，相应地就得有几个月，大概一学期那么长吧，是不能被信任，要被管制的。初一学生敢偷一万块钱，这对父母来说，已经让他们极其震撼、恐惧、无所适从了。你承认一下错误，写个检讨，并不能让你立刻变回一个纯洁无邪的新小孩。因为口头承认错误，写张检讨，都是轻松的事，一时也难辨真假，只有看到了你用行动承认错误，他们才能真正放松，逐渐恢复对你的信任，不再一丢东西就怀疑有前科的你。花一个学期的时间重建形象：一是绝不再偷家里的任何钱、物，被很多小朋友视为无伤大雅的小偷小摸也不要做；二是把书读好；三是受到任何父母的怀疑与责怪都忍着，解释完事实即可。当父母意识到错怪你的次数多起来时，你的信用就会逐渐恢复。

祝开心。

连岳

妈妈说得不对，可是我爱她

| 2022.2.16

连叔：

我是一名普通学校的初三学生，正在经历着所谓“人生最重要的转折点”。我的成绩平平，甚至有几次考试还会退步到年级的后半段。我的老师一直期待着我有一天能开始努力，我也想，但我每次一开始，就有很多烦恼阻碍我。我也幻想着努力后的生活，我也知道不努力以后会很苦，但我就是不能去行动。

我可以算是幸运而又不幸运。我的家境和别人比算优渥吧，可父亲在我七岁时离开了我，母亲守寡至今。小时候我还不明白父亲的死对我的影响，可随着年龄增长，我开始自卑，刚开始只是因为家人的缺失而伤心难过，可到后来，我渐渐发现我身上有了一份不该有的成熟。初中之后母亲的陪伴也开始减少。除了早上起来和中午吃饭时能和她见面，其他时间她都奔波在外。我会自己吃饭，自己生活，自己掌握自己的社交圈子。从初中开始我喜欢上了公路自行车运动，随着热爱加深，我和骑车认识的哥哥叔叔们玩得很熟，萌生了成为职业运动员的想法。我会和他们一起骑车，一起出去玩，一起吃饭。可我的同龄人伙伴，却离我越来越远。我可以为了一场比赛，一个人奔波到另一个城市。这些让一般父母不放心的事情，在我看来再普通不过。

但是我的母亲，到了初三，开始非常焦虑我的学习，每天挂在嘴上的都是各种难以入耳的话——“考不上普高你以后的人生就会完蛋”“考不上高中你以后会在整个社会的最底层”“你会一辈子给别人打工，被人看不起”，我曾想和她交流我的想法，可她每次都说你先把你的成绩提上来。现在我心里是拒绝和她交流的，因为她每次都这样，以至于现在我们三天一小吵，两天一大吵，每次的冷战都让我很头疼。她每次都把学习不好归结到骑车上面，认为我浪费了太多时间。我很想告诉她原因，但是每次她的做法都让我很难开口。

我不知道该怎么改变现状，我尝试用各种办法去证明自己，但是换来的只有“成绩至上”的打击。我曾思考除了考上普高，考上大学，人生还有没有别的出路，我是否要为了爱好，花费时间抛下学习。

我曾无数次在夕阳下思考这样的问题，希望连叔能给我一个答复。

站在夕阳下的少年

* * *

站在夕阳下的少年：

批评他人是件很难的事。

子贡曾问孔子，朋友有过失，该如何应对。孔子说，一要忠告他，尽朋友的责任；二要“善道之”，会说话，让他听得进去，如果他不改，那就停止，不再啰唆，否则你就要自取其辱。批评就是这么难，力度、分寸稍有差错，被批评的人不开心，不改正，批评者也灰头土脸，成了双输的局面。

由此可见，父母很难当，因为父母的重要工作就是批评，而且孩子越不改，批评越不能停。再会说话的父母，也有情急失言的时候，不那么“善道之”，孩子要抓他们说话的漏洞，不愁抓不到。就像你妈妈把考不上普高的后果说成人间地狱，显然是不实、夸张、难以服人的。

你要不要听妈妈的话，那得先回答一个问题——你爱她吗？

她是爱你的，一个人辛苦把你拉扯大，为你保持优渥的家境。

她现在的焦虑，翻译一下，就是表明她失去丈夫后，无法再承受失去孩子。失去孩子不是指你失去生命，而是你这个快要成年的孩子处于失控的边缘，心思不在读书上，只想着赛车。你想成为一个优秀的运动员，想当冠军，这并没有错。但一个优秀的运动员，必是一个负责任的强者，不可能以敷衍学业为代价，他们往往在学业上也很优秀，就像谷爱凌。

我想，你一定是爱你妈妈的。明确这点，那就好办了。无论你妈妈对中考的评论是对还是错，都不重要了，重要的是，你要从现在开始认真学习，尽力而为，就像你在比赛中为冠军冲刺一样。这样你妈妈的焦虑就会缓解，她就可以体会到，你是爱她的。缓解母子紧张关系的主动权在你手上。你的爱对她很重要，孤儿寡母，你们是世间彼此最大的依靠，失去你的爱，她会崩溃的。她现在就有点崩溃，因为她在你的行动中感受不到爱，你只追求自己的随心所欲，不愿意承担自己的责任。最好的爱，最真的爱，就是负责任。对一个初三学生来说，负责任就是认真学习，准备中考。你当然做得到，越有爱，做得越好。

祝开心。

连岳

一起渡过亲子关系的“最苦期”

| 2022.6.23

连叔：

你好！

我是一名高二的学生，最近有一些琐事困扰着我，特写信向您讨教。

我们家是两个孩子，我是妹妹，我哥哥和我同岁。他的学习成绩不是很好，加之他们学校的学习氛围也不是很好，所以他对学习十分抵触，整天只想着吃什么、穿什么和打游戏。妈妈十分担心他考不上大学，所以对他的管教也十分严格，总是在旁边看着他写作业，也给他找了很多一对一的辅导老师。他上辅导课也会认真听讲，但课后的作业几乎不写。他对他们学校的老师很不满意，在学校上课几乎也不听讲。他现在好像已经是一种无所谓的态度了，对母亲的反复说教已经疲倦，但我母亲知道不管他，任由他自由发展，他会更差。所以现在母亲每天都处于焦虑的状态中，哥哥却是无所谓的状态，似乎对未来毫无打算。

接着说说我，我也有很多不足的地方，我不太擅长与别人交流，所以对于哥哥的真实想法我可能并不清楚，我前面所陈述的只是我在表面看到的。我很想和他交流，但每次和他说话我都不知道该从何开口，而且在对话中他也总是所答非所问，他感兴趣的话题也只有什么东西很好吃，什么鞋好看，我想和他搞好关系，但我根本不了解他所感兴趣的世界。

我想知道，我应该怎么做才能和他和谐相处，才能让他知道学习的重要性（不是那种道理说教），还有怎么让母亲不再那么焦虑。

一个不知道答案的高中生

* * *

一个不知道答案的高中生：

你现在的作用很重要。

对于你妈来说，你是一个更贴心、更懂事、更上进的孩子，在她疲惫、焦虑，甚至失望时，你能给她抚慰。

对于你哥来说，你是一个更平等的同龄人，让他更放松、更能说真心话，在他倍感压力与无力时，你也能给他抚慰。

你妈妈与你哥哥的关系，处于典型的“高中亲子最苦期”，双方都苦。本质上，这是由高考的淘汰率决定的，一定有一批学生通不过高考。这批学生的家长又不能放弃，就会采取一切手段补强孩子的学习，知其不可而为之。孩子又会越学越绝望——无论如何挣扎，高考似乎都会失败。这是不是说他们高中就白忙了？不是，他们在高中学到的是“不到最后一刻，绝不放弃”的韧性，这种韧性将在未来帮助孩子找到自己所擅长的，得到人生的幸福。但未来还没来，高中阶段的苦却已经发生，要让一个孩子总从未来看现在，不太现实。现阶段，他们只能是苦的，得熬完，顺带也给他们的父母制造不少痛苦。人生的韧性，一定是通过委屈、失败得到的，高考成功的孩子，少数的学霸，将来也要通过同样的挑战。只是被高考淘汰的孩子，挑战来得更明显、更早，难度也更高一些。

我支持你和哥哥搞好关系，这能帮助他渡过高中的难关，辛苦的时候，有一个人能聊聊天，释放一点压力，就更不容易崩溃与放弃。你不要忘了哥哥的目标是“坚持上完高中，且身体与心理不出问题”，而不是“高考成功”。他“坚持上完高中，且身体与心理不出问题”，说不定还能“高考成功”。如果把目标错误地定在“高考成功”，那更可能出现高考不成功，他也出问题的情况。

所以，你和哥哥聊天，反而不要说什么“学习的重要性”，这点是你妈妈的工作，她也做得好，其实你哥哥心里也知道。你说得再巧妙，在他看来，不过是“我这个什么都比我更出色的妹妹嫌弃我”，从而加重他的痛苦，使他更想对抗。他对美食与鞋子感兴趣，你就听他说这些话题。这些话题与学习不冲突，不少学霸也拒绝不了美食与鞋子，也没必要拒绝。与哥哥关系和睦的关键是听，而不是说，更不是说教。你愿意听哥哥谈美食与鞋子，最后，他可能也愿意请教你学习的问题。

把自己的学习搞好，然后，无论是对你妈，还是对你哥，多听即可。多听就是帮助他们渡过难关。

连岳

坏家庭如何长出好孩子？

| 2022.8.2

连叔：

您好！

我是一名马上要上初三的中学生。我的家庭比较混乱，父母原本关系不好，自从我爸买了车以后，经常在各种时间跑出去玩，在吃饭的时候才出现。他还经常一个人在房间里面玩手机，和我们的关系都比较疏离。我妈对他的行为感到不满，对他的话也总是持怀疑态度——她现在花很多精力在这上面，经常不开心，她也跟我说过一点点——于是我们家的饭桌上经常出现阴阳怪气的对话，我听着很不舒服，但又不知道该做什么。前段时间他们频繁吵架，从家里吵到大街上，特别大声。我爸人高马大，吵架的时候我和姐姐就缩在楼上。我们特别害怕他会动手打我妈。他还喜欢说叫警察来处理家事。他们吵架的时候也喊过离婚。我姐姐现在在上大学，她喜欢打游戏，前段时间她跟我们说不想念了。我觉得自己从小缺乏父爱，性格可能会有一些奇怪，不太自信。我不知道我们家走到现在是谁的错（或许这就是个假命题）。我不知道周围的人是如何看待自己的。以前我写过几封信，也和他们谈了一下，可能会好一点点，但是没过多久还是会变成老样子。

我马上要上初三了，想好好冲刺一把，考上重点高中，那时候就可以暂时离开一下了。但是自从注意到家里的事情后，我学习好像就没有以前那么专注了。我应该怎么办呢？我应该如何面对未来可能会发生的家庭纷争呢？

又：废话有点多，希望连叔为我解疑。盼能得到您的回复！

一个迷茫矛盾的中学生

* * *

一个迷茫矛盾的中学生：

不少青少年在成长中会遇上一个关键节点，那就是他们发现身边最重要的成年人——主要是父母——是不值得尊敬的，父母对自己是缺乏爱的。这时该怎么办呢？

父母是孩子自出生以来最爱、最信任、最崇拜的人，当他们的德行配不上孩子对他们的敬仰时，孩子的世界就会崩塌。孩子们此时往往会做出错误的选择，例如放弃学习，糟蹋自己，堕落。长大后变成像他们父母一样的人。这当然不能怪孩子，但终究是很遗憾的事。就像你姐姐，沉迷游戏，想从大学退学；就像你，上课不专注了。

但是坏到了极点，就有好事发生，这是我们祖先说的“否极泰来”。有些特别杰出的人，和你一样，也成长在一个糟糕的家庭中。但他们选择自立自强——既然父母都可能无法信任，那么，我的人生就只有靠自己了——从此变成意志力坚强的“狠人”，不达目标誓不罢休，境界到了孔夫子说的“君子求诸己”。有爱的家庭，孩子跌倒了父母扶起，孩子沮丧了父母鼓励，孩子失败了父母再创造机会——这是幸福，但是总有依赖，有些人就不愿长进了，变成了“小人求诸人”。

好事可能变成坏事，坏事自然也可能变成好事。

我不想欺骗你，给你虚幻的假象。真相是，即使警察天天待在你家里，他们也无法逼迫你父母相爱，对你们更负责任。你父母极有可能就是不成器的人。你和姐姐，等不来他们的爱与担当，只能靠自己的选择与努力。你们选择不努力，会如愿不幸，虽然可以得到很多同情——有太多人可以谴责你们的父母，但不幸的生活只能由你们自己承受。别人的同情像酒，喝了暂时舒服，但没有营养价值，上瘾了还会摧毁一个人。你们只能选择努力，这是唯一的出路，战胜不幸的人将得到尊敬，他人的尊敬是粮食，有营养，可以把你养育成巨人。现在这个社会，只要你想努力，就有资源一直支持你读高中，读大学。再说了，父母也不是不给你出学费，不给你饭吃，彻底不管你的人。

选择努力吧，这才能改变一切不幸。

祝开心。

连岳

我把妈妈气得“躺平”了

| 2022.8.8

连叔：

您好！

我是一个初二升初三的学生，看了您的《少年问答》深有感触，但是我还有一些问题想要求助。

这些问题主要是关于我的家庭和学习的，篇幅有点长，如果您能耐心看完，那就太感谢了！

先介绍一下，我身处江苏无锡，父母一起开了厂，家庭条件确实不错。我在全市最好的初中，最好的班，是住校生。我的目标是考上最好的高中，但我的成绩时好时坏，有时班级前十，有时十几二十——全班前十是稳进那所高中的，所以我们都有点着急。

先说一下家庭问题吧。我妈这个人本来就好强，要求高，事事争做完美，也因为这个她才能经营好厂子。她对我的学业生活也是这样要求的，所以我会有所抱怨。她看成绩只看坏的，好的从来不说，有进步也不说。每次考试几家欢喜几家愁，我妈似乎一直是愁的那个。她要求我不能有短板，做人、学习、劳动、生活起居样样要好。因此我一直处于一个很累的状态中（我觉得很累）。我爸就是典型的"听我妈的"，我妈说啥是啥，不过他心比较粗，经常有些小事做不好，我爸妈也经常因为这个吵架。

我最近发生了一件事。临近暑假时，我花自己的钱买了一台二手手机，几百块钱，我知道我父母是极力反对我自己有手机的，所以我就偷着用。我平时不打游戏，只是聊聊天、看看视频。我对一些科技类的讯息很感兴趣，也时常看视频了解。

纸是包不住火的，他们还是知道了。用我妈的话说："无可救药，失望透顶。"她认为学习和消遣不可兼得，要么专心学习不要玩，要么就疯狂消遣，学也不用上了。她知道了我有手机后，停了我的所有课，让我去厂里帮忙（其实我也经常去）。我就是认为她的想法是错的，弦绷得太紧会断的，我才十几岁，总是会有玩一玩歇一歇的想法。但是我没法劝我妈，她就是这样固执的人。我就是不懂，为什么别的同学似乎都可以找到一个平衡点，在我妈的眼里我就不行？当然，我私藏手机这件事肯定是我不对，我承认我的错误。我只想问问连叔，学习和消遣真的不能兼得，不能做到平衡吗?

此外,我妈说话比较难听。我确实会让她失望。她经常会一着急就爆粗口,开始讽刺,并且已经成为习惯了。和她聊任何我感兴趣的事,都会被她的一句话说得变味。我喜欢华为、大疆这种科技公司,我未来也想进入这些公司的核心机构做一些研发之类的工作。出了新品、新技术我还会和爸爸分享讨论,但有时她会插一嘴:“到时候成绩不好也只是个旁观者、消费者,你拿什么进入它们的核心部门呢?”听到这里我就很不开心。类似的例子还有很多,我就不一一举例了。每次被她讽刺时,我都真的很难受,什么想法都有。我在她的口中真的一无是处,我真的就是一个让她失望透顶的孩子,但我无能为力。我尝试过想要改变她,她确实改变了。她快不管我了,快要“躺平”了,这是我最害怕的。

我想知道我到底该如何跟这样的父母沟通,真的很急。马上初三了,我心里确实没有底。

我的废话很多,如果连叔真的看完了,感激不尽,希望连叔能给予指点!!

打扰了。

无

*　*　*

无:

立志做科研的孩子，将是未来的伟人。科学的发展非常快，未来的你，到华为这种公司搞搞产品研发，目标都定小了。那时的你，可能是治愈一切癌症，将人类的寿命延长到数百年的人；可能是掌握了核聚变技术的人，将彻底解决能源短缺的困扰；可能是用光合作用工业化生产粮食，彻底消灭饥荒的人；可能是建造太空战舰的人；可能是在月球建立定居点的人；可能是改造火星以利于人类移民的人……人的想象力很难跟上科学的未来。可以说，哪一个国家拥有最多最强的科研人才，哪一个国家就掌握了未来的主导权。你们这个班，至少你这个年级，将来出的那几个科学家里，但愿有你。至少你早立志了。

成为科学家，一要立志，这你有了；二要足够聪明，学习要好，上不了好大学，很难接触到最顶尖的科研项目；第三最重要，你要有足够强的自我管理能力。有了第三点，不够聪明也能靠积累变得聪明，没有第三点，再聪明的天资也会浪费掉。

手机是你们这一代孩子成长中面临的主要挑战。沉迷于手机，那立什么志都是自欺欺人。手机体积小，有的价格还极低廉，孩子都有能力购买，这使监管的难度增大。但手机里的游戏、色情，以及各种降智、“毁三观”的内容，又让无监管状态下使用手机的孩子极有可能就此沉沦。这也是你妈妈发现你偷买手机后那么生气的原因。任何一个负责任的监护人，都会生气的。

什么是好沟通？就事论事，不扩大化。就像你妈妈说话带点情绪，你有意见。你如果歪曲事实，转移话题，甚至胡搅蛮缠，你妈妈也会有意见。比如你妈妈反对你偷买、偷用手机，你将话题偷换成妈妈让你“学习与消遣不能兼得，不能平衡”，这就不是好沟通，这才真的会把你妈气得“躺平”。如果你的消遣与平衡是看看课外书（尤其是科学类课外书），锻炼身体，在父母的监督下用用手机，有哪个父母会生气呢？学习与消遣要兼得、要平衡，这是基本常识，没人反对的，你冤枉妈妈连这点基本常识都没有，有点过分。

就事论事，错了就认。这不仅是最好的沟通技能，也是将来能助力你从事科研的好技能。出了错不认，只有你妈妈会一再给机会，尝试纠正你，其他人不过是笑一笑，让你有面子，很舒服，却再也不给你第二次机会，这样做得成什么事呢？

祝开心。

连岳

爸爸坏，怎么办？

| 2022.10.9

连叔：

展信悦。我是一个来自三线小城市的高三学生，有一个问题困扰了我很久，在这里想请教一下连叔，希望您能指点我一下。

我的父母都是七〇后，爸爸是初中学历，妈妈考上了中专并在中专读书的时候完成了自学考试。家里生意从我上初中就开始走下坡路，后来倒闭了，到现在家里欠了几十万的债务。在生意失败之后，妈妈开始投资做微商化妆品，开童装店，略有收益，勉强没有赔本。此外，妈妈还一直在外面打工。我爸爸则是从那时候到现在一直没有出去工作，相当于家里的经济来源只靠妈妈，入不敷出的时候，只能依靠信用卡，爸爸因为还不上款已经被列为个人失信者。这几年来妈妈一直在帮助爸爸找工作。但他认为如果一个月只能挣三四千块钱，那根本补不上债，拒绝了十几份工作。最近妈妈又帮他找了一份工作，一个月能挣六千五（这份工作非常适合他，充分发挥了他的长处）。就在这时我以为一切都开始好起来的时候，爸爸又拒绝了这份工作。

仔细想来，这几年他一直提过很想做类似炒股的“转债”（大概是这两个字，我也不太清楚，望见谅）。他一直说自己是因为没有本钱，如果当时妈妈没有做化妆品微商、投资童装店，而是把钱交给他，他肯定能让我们翻身。爸爸现在的想法就是等着爷爷奶奶的房子，要卖房子来“翻身”。想到这里我很无力，这几年我们家里所有人都在劝他找工作，出去赚钱，甚至帮他介绍了许多工作，可他总以各种各样的理由拒绝。伴随这个状况而来的是家里的债务越来越多，而我却只能眼睁睁地看着……

所以我想问连叔怎么看待这个问题的。请您指点一下，身为子女的我到底该如何去劝说他呢？身处这样的情境下，我又该做什么呢？

分外迷茫的小糯米

* * *

分外迷茫的小糯米：

不必劝说你爸爸，因为他是不可劝说者。他这一生，可能还会最后折腾一次，就是卖了你爷爷奶奶留下的房子，把钱亏光。

但愿两位老人家长寿，至少再活二三十年，到那时你爸爸七八十岁，已折腾不动了，或可把房子保住。

不可劝说者是很可悲的，他们符合爱因斯坦的“疯狂”定义：不停重复错误的行为，希望得到正确的结果。他们像程序出错的机器，耗尽电力后才能消停。或再也借不到一分钱，或被关进牢里，或死亡，才能让他们停止伤害家人。

你爸爸的余生，不过是一个懒汉继续做着发财梦。能醒来当然是意外之喜，你最好做他不能醒来的思想准备。对一个高三学生来说，这句话对你有点残酷，毕竟人人都希望爸爸是自己的偶像。但你的成长，需要在这个时间点接受这个残酷的真相，那也不能逃避，这样你才能把所有精力用于准备高考。

无论你成绩好坏，无论你将来读的大学的好坏，甚至无论你是否能上大学，你从此时起，事实上已经是家里的主人了。所谓的主人，就是只能指望自己强大，这样才能扛起一个家。强大的最好途径是解决当务之急，高三的当务之急是高考，高考后的当务之急是读好大学，大学毕业后的当务之急是精进工作能力，如此急行军十年，你便可长成一个强大的人——妈妈的晚年有寄托，依旧在做梦的爸爸你也能给予他基本保障，你还有了自己的小家庭，准备成为孩子的偶像。这样听起来很苦，一天也不能耽误，但这是唯一的出路，只有这样，懒汉“疯”爸爸对你们家庭的伤害才能被消解掉，你妈妈和你才能得到平和与幸福。妈妈有你这样的孩子，也能找到人生意义。你比同龄人长得更快，化不利因素为有利因素，也容易放下心理负担，不再想去责怪你的爸爸。否则，你的人生可能会重复爸爸的“疯”模式，总想着：如果我有个好爸爸，人生应该不会这么差吧？

有个坏爸爸，还不能说不幸，只是说明你的成长路径与他人不同，如果你能更早意识到人生的责任，加速成长，那坏事就变成了好事，只有你明知他坏，最后还变成他，才是不幸。

从今天开始，天天劝说自己努力即可。

祝开心。

连岳

如何当好小姐姐？

| 2022.10.16

尊敬的连叔：

您好！

展信佳。我关注您已经两年有余，每每看您的文章，透过您的文字我总能领悟到许多人生的意义。这封信，也是我的一封求助信，或许会有点长，希望您能读下去。

我是一名刚升高二的学生，有两个姐姐一个弟弟，大姐在国外顶尖大学读研，二姐已经开始工作，只有我和弟弟还在上学。在我看来，我的家庭十分幸福，在同龄人中算是家境较好的，家庭氛围也很棒。而这都是由我的父母一手打拼得到的结果，我从始至终都对他们怀有极大的感恩之心，甚至也会很心疼他们，因此一直以来我都努力做好我该做的事情，变得优秀，让他们无须操心。

我的弟弟，今年初二，由于香港疫情以及社会环境等种种问题，他在去年转回内地，就读于一所很优秀的深港融合学校，学费一年要十三万。姐姐在国外一年的生活费、学费相加也要六七十万，且弟弟这个学校或许一上就是六年。在我看来，这无疑给父母添加了压力，但是为了弟弟变得更优秀，我相信他，也相信父母的决定。我只希望自己可以快快长大，帮助父母多少分担一些。可是这一年来他的表现，让我不断怀疑，父母的决定是否正确，这个钱花得是否值得。这也让我自己陷入了困境并开始反思。

从学习上来看，我的弟弟很聪明，就是不自律，不肯努力。网课用iPad上，他不听课却跑去打游戏，写作业拖拖拉拉，一会儿吃东西一会儿上厕所。付出和收获是对应的，他在学校的成绩也越来越差。我一次一次地跟他好好说，可是他却撒谎，欺骗我。不知道从什么时候开始他变得心眼多，警惕，撒谎成性，我也逐渐变得暴躁，每每看到他撒谎，我就会很生气，对他吼骂，甚至收掉他的电子用品，这导致我们姐弟之间的矛盾越来越大。

从生活习惯上来看：首先我本人是一个很注重生活细节的人，不能忍受脏乱差，所以非常擅长做家务；相反，我弟弟却毫不在意，袜子乱脱，东西乱丢，吃相难看，等等。这些我说过上万次的事情，他却从来不放在心里，开始的时候我可能还会骂骂咧咧地帮他收拾，可次数多了，任谁也都会变得烦躁。

我妈妈常说:“你不用管,我来管就好。”但是我并不希望我妈天天生气,睡也睡不好。今年她四十三了,还算年轻,但正是因为这样,我更希望她可以好好享受接下来的生活,而不是还要每日每日地操心。

我曾向我身边的朋友倾诉过,他们会说“他还年纪小”“我们小时候也这样啊”“你换位思考一下”之类的。我也有反思过或许是我自己太苛刻了,我一直在用我的标准去管理他,他才十三,能明白什么呢。正是因为这样,我一直在纠结、烦恼,该用怎样的方式与他沟通,到底该管还是不该管。有时在气头上,我甚至会拿他的学费来说事儿,但我知道,这样也会给我弟弟增加压力,是不对的。我真心希望,有个人能给我一些指引,告诉我该如何化解这样一个僵局,也能给我弟弟一些指引。我不想变成坏姐姐,但也不希望弟弟一步一步走错路,所以我下定决心,写下这样一封信,愿连叔能帮助我。

迷茫的姐姐

* * *

迷茫的姐姐:

你很心疼父母,忧虑他们的负担,害怕他们的付出被弟弟浪费。孩子会心疼父母,就是真正长大了。从这个出发点开始,他们将会逐渐心疼天下一切像父母一样努力的人。由此可以看出，你的父母是很出色的教育者，他们把孩子引导得很好，也有足够的物质力量去帮助孩子。

所以，你不要过分担心你的弟弟，听你妈妈的，让她管就好了。她已经用事实证明了自己善于教育，你要相信她。

青春期的孩子，经常埋怨父母不够相信自己。其实，这埋怨的后面，透露出他们也不够相信父母，只是绝大多数孩子意识不到。这种冲突，可以说是成长的必然。在父母心中，孩子还小，仍然需要指导与保护，在孩子心中，父母思维已经过时，事情似乎做得不够漂亮与高效，觉得他们“不过如此”。当我们无意识时，这冲突就会困扰我们，甚至形成激烈的、带有伤害性的对立与分裂。一直到孩子长成父母，开始承担父母的任务，才恍然大悟，自己父母的选择是合理的，本该如此，对立与分裂也回到了理解与融合。

当然，如果我们有意识地去发现冲突背后的原因，困扰就会少很多。这种意识极有价值。教育、成长，是缓慢的、长时间的——十五而有志于学，三十而立——最少需要十五年时间。在这段时间里，会有大量的怀疑、停滞、倒退、冲突。没有家的支持，这种学习长征很难走完。

家提供什么支持？最核心的是信任。信任你犯了一次、两次、十次、百次错误后终会改正，信任你这粒种子十年、二十年后终能成材，信任你情绪崩溃、互相伤害之后很快会与家人再次相拥。孔夫子说："民无信不立。"这不是单纯指管理国家，一切好的管理，最后都得依靠"信"。你不信自己，没有好的人生；你不信配偶，没有好的爱情；你不信家人，没有好的家庭；你无法令人信任，你就会失去一切。

家人的信任是最大的信任，"你不用给我担保""你知道我的一切弱点""我无法防备你的伤害""我把一切都给了你"。我们爱自己的家人，就像你爱你的妈妈、爸爸，你的弟弟，那么，爱最好的表达就是信任。信任父母是好的教育者，信任弟弟是好的学习者。这样，你的精力也更容易聚焦，你的学业会更出色，这就是减轻父母负担的最好办法。

你妈妈做得很好了，弟弟不缺妈妈，你不必成为一个更严厉的妈妈。他最想要的小姐姐，是会讲道理的，更是能宽容他的，甚至是偏爱他、袒护他的，他可以分享秘密的，可以无限信任的。你越被信任，你的道理就越容易被接受，你就越能帮助父母与弟弟。

祝开心。

连岳

一个小学生，如何帮父母？

| 2022.12.16

连叔：

您好！

我是一名五年级的小学生，我的成绩在班里名列前茅。最近我了解到父母因为疫情每天都在为家庭开销而发愁（这是我每天晚上都能听见的）。我哥哥明年就要上初中了，而家里开销本来就多。现在我看到父母头上的白发，就想为他们做点什么，但我不知道自己能做什么。

求回复。

迷茫的小学生

* * *

迷茫的小学生：

首先，你不要太担心。父母当着小孩议论的愁事，一般是能解决的。疫情也到了收尾阶段，这三年防疫，把病毒由强防到弱，大多数人也打了疫苗，这为生活恢复正常，经济重新增长奠定了基础。大到国家，小到你们家，钱都会多起来的。

中国古人说，祸福相依——处理得好，坏事会变成好事，祸中生出福，所以坏事发生时，不要太害怕；处理不好，好事会变成坏事，福中生出祸，所以好事发生时也不要太放纵。这话是非常有智慧的，比如疫情，从来都是坏事。历史上发生疫情时，人类往往只能被动挨宰，以死伤惨重的代价熬过去。这次，中国这个有十四亿人口的大国，主动撑起一张保护伞，在接近三年的漫长时间里，挡住病毒的一次次攻击，降低死亡率，获得同期全球最好的经济增长，这是人类防疫史上的第一次。这说明中国人的动员能力、组织能力、行动能力上了新台阶，也验证了中国的制造能力、科研能力、交通能力、信息能力、保障能力。只有生产力超强的国家，才打得赢这场大战。中国有了这些能力，那么，用来搞建设、反侵略，则什么强敌都不怕，什么奇迹都能创造。你说，这是不是把坏事变成了好事？

你只是一个五年级的小学生，能不能帮助父母？能。虽然你还不能挣钱，还得读十来年书才能成为一个高质量的成年工作者。但是，在你这一百多字的来信里，有强烈的心疼父母的感情——见不得他们忧愁，看不得他们的白发，这已经是在帮父母了。一个孩子开启心疼父母的情感开关，是成长的关键一跃。从此，他会站在父母的角度看问题。对人与人之间的关系，也会理解得更立体，更全面，能够同情他人的悲伤，能够考虑他人的利益。这就是我们传统中所说的“仁”的境界。“仁”字拆开就是“两个人”，处理好“我”与“你”两个人的关系，就是“仁”。有了“仁”，就有汇聚众人力量的能力。打开“仁”的开关，需要一个契机，有些孩子，一直到二三十岁，也打不开。我想，你们家若不是遇上暂时的困难，你也不可能那么早打开。你说，这是不是坏事变成了好事？

会心疼父母，那帮父母就简单了。父母想让你成为一个怎样的小学生？品德好，身体好，学习好。只要你是这样的小学生，就能为你父母省下大量的时间与精力。他们可以用这时间和精力来创造与工作，赚更多的钱；可以用来休息，这样能够更健康，更不容易衰老。所以，一个小学生，好好吃饭，早睡早起，好好学习，认真上课、做作业，眼里有活，自己能做的事自己做，有礼貌，好好说话，被批评了不赌气（或者半小时内消气），就是在帮父母了。想到家里有这样的孩子，遇到什么难关父母都能乐观应对。

祝开心。

连岳

爸爸的烦恼

| 2022.12.21

尊敬的连叔：

您好！受母亲的影响，我读您的文章已有三四年了，常常被您积极进取、乐观向上的人生态度所激励。最近我的父母一直很纠结，希望您能略微指点一二。我的父亲将要完成博士学业，四十一岁，母亲是自由职业。我们家在四线城市有两套房，属于中等水平。目前有一套房贷。

父亲的就职单位是父母所纠结的，望您回信，给我们提些建议。目前父亲有两个选择。

一是当地的公立二本大学。有编制，入职工资约七千多，评上教授最多也就是一万多些。学校的工作量少，可以有很多时间做科研，额外收入主要看自己的科研能力，不固定。

一是以前的单位。是私立职业学校，没有编制，回去后待遇很好，年收入二十万左右，十万是基本工资，其他是绩效，完成后按比例发。目前学校博士不多，所以绩效考核细则还没有制定出来。学校的工作量大，课时量将近公立学校的一倍，做科研的时间相对少很多。

公立学校科研设备相对健全，有科研团队，也相对好接项目。私立学校目前没有团队，设备少且不全，不少实验都不能在学校完成，会在一定程度上影响科研发展。

从离家距离上看：私立离家很近，步行可至；公立离家很远，需要半小时车程。

父亲喜欢科研，很享受攻克一个又一个难题带来的快感。父亲说他在哪儿都可以，是金子总会发光的，他尊重妈妈的意见，妈妈也不知道选哪个。

祝连叔连太身体健康，工作顺利，每天开心。

一个迷茫的小学生

* * *

一个迷茫的小学生：

你这个小学生不简单，开始考虑爸爸的就业问题了。

我们在做比较时，应该考虑一个大前提：在同等条件下比。

人们在议论时会做大量的比较，你仔细观察，就会发现他们往往忽视这个大前提，将不同时空、不同条件、不同性质的人与事进行比较，关公战秦琼，这样得出的结论是无价值的噪音。

利用这个同等条件法，在对比两个选择时，我们可以假设一个同等条件，选择倾向一下就会清晰起来。

比如爸爸的就业选择，如果是同等收入，都是月薪七千多，或都是年收入二十万左右，那肯定选有编制的、科研条件好的、工作量不过重的、工作与生活平衡的、未来发展更有想象空间的公立二本大学。虽然远一点，但半小时车程可以忍受，不是影响结果的关键因素。

这样就找到迷茫的点了，是私立职业学校每年更多的十来万收入让爸妈舍不得。这钱其实也不好拿，要完成绩效，要超额工作，要放弃编制（也意味着未来更不确定）。只有极度需要钱，缺了这十来万就活下不去，才会接受这么苛刻的条件。

现在问题就变成了：你们家缺钱吗？

我看是不缺的。有两套房子，只有一套需要还贷，这说明住的问题不仅解决了，还有租金收入的可能。只要不愁住这个最大的生活成本，日子就很舒适了。妈妈虽然是自由职业（性质类似于连叔），但也有收入。你这个孩子，成长速度又很超前，估计也很让爸妈省心，补习费都能省下很多。在这种情况下，爸爸当然应该选公立二本大学的工作, 暂时一年少拿十来万, 可是生活的幸福度, 在科研上的上升可能, 都大大增加了。

祝开心。

连岳

5 情感教育，我们人生的必修课

伤心的恋爱，幸运的少女

| 2021.12.10

连叔：

您好！

总是看您写文章帮大家答疑解惑，我也被一件事情困扰了许久，想向您请教请教。

我是一名高三国际生，大学准备出国读。在刚进入高中的时候一切都很顺利，我的成绩很好，在班上名列前茅，我觉得只要我一直保持努力，未来就会一片光明。我甚至都想象到了我会申请到排名很前的大学，并且和很厉害的人为伍。但是，在高二的时候我谈了一场恋爱——这听起来很离谱，就连我自己当时也这样认为：谈恋爱能怎么样呢，会毁掉你的前程吗？可是我确实被深深地影响了。

先说结果吧，高二时我的成绩一落千丈，我的标化考试*到现在都没有拿到一个满意的分数。我一月份就要申请学校了，不是我不想考不想学，而是我真的没有动力，力不从心。我不是在责怪对方影响我的成绩，这并不是他的问题，而是我被恋爱影响了。刚开始是他喜欢我，我当时一心放在学习上，拒绝了他很多次，但是他跟我是一个班的，在一次次追求之下，我觉得或许可以试试。

我其实初中也谈过一次恋爱，但不知道为什么，只要进入一段恋爱关系，我就会有所谓的"恋爱脑"，我感觉我的生活重心都放到了对方身上，而且很缺乏安全感，患得患失。我不知道这种情况和原生家庭有没有关系，我的父母常年关系不好，大概有五六年了，也快要离婚了。不过我现在也习惯于我父母的相处方式了，他们每天互相都不讲话。有时候我妈跟我爸讲话，我爸也不怎么理，他们也不在一个房间住。

在我答应了那个男生的追求之后，我就觉得我的心思慢慢不在学习上了，整天都想着关于恋爱的事情。差不多一年之后我们就分手了，他喜欢了别的女生，和别的女生在一起了。这件事情对我打击也很大，但是我一直想要重新振作起来，高三

* 指美国高中毕业生学术能力考试（SAT）或美国大学测试（ACT）。

了我希望能好好学习，我每天都在反复告诉自己要努力，但是我却总是做不到。我感觉压力很大，有时候甚至想留级或者复读参加国内高考。我不知道该怎么办，希望连叔可以指点一二，谢谢您。

Youth

* * *

Youth：

我建议你转到国内高考部复读，这有两个好处。

一是减轻恋爱对学业的影响。虽然恋爱结果于你不好，但恋爱本身并不能说错。高中生身体发育成熟了，恋爱自然就会发生，这是成长规律，有时候不以人的意志为转移，这点没必要怪自己。成绩受影响了，随便考个大学，甚至考不上大学，这个恋爱可能成为一辈子的伤痛，这才是错。能修正的错误不是错误。你高一的成绩名列前茅，基础好，能力强，多花一年复读，找回状态一点不难。迟一年读大学没有关系，放在人生中看，迟一年的正确比早一年的错误，效率更高。

二是高中毕业就去国外读大学，在当前充满不确定的世界中，越来越不是一个好的选择。疫情让世界分裂成不同的区域，充满了变数。而中国九百六十万平方公里的大空间，十四亿人口的大生产线和大市场，是其中最稳定的一片区域，在这里求学、工作、生活，最大程度降低了疫情不确定性的冲击。

疫情的变数带来世界格局重新划分的更大变数。实践证明，只有中国的文明、中国的人民与中国的政府，才有能力既发展经济，又控制疫情。它已不是原来西方世界眼里的低一等的文明与国家。这个新事实，出于种种原因，西方的既得利益者并不想承认，接下来他们必然组织更多的对立。这样一可转移矛盾，二可宣誓正确，世界却因此更为动荡。再经过一二十年，甚至更长时间，中国会取得越来越大的成就，中国的实力将大大领先——经济基础决定上层建筑——动荡才会平静，新格局才会形成。更何况，你家的小环境也充满变数，你格外需要确定性。

可是，即使看到未来的剧本大纲，按照你原来的节奏，箭在弦上，不得不发，大概率也得接受风险，去国外读大学。不幸读个不入流的大学，本事没学到，脑袋"洗"坏掉，那就里外不是人了。这次失败的恋爱，强行把你从这个节奏中拯救出来，让你能够重新规划更合理、更安全的未来，坏事变成了好事，从这个角度看，你是一个幸运的少女。

祝开心。

连岳

坐在她身边，就是幸福

| 2022.3.20

连叔：

您好！

我是一名初二的男生，关注了您很久，却一直没有给您写信。最近有一个问题一直困扰着我。

我的成绩算是好的，从七年级开始，我基本上每一次考试都能在年级前十（年级一共九百多人）。但七年级下学期的时候，我向班主任申请换了同桌——一个女孩，她是我们班上成绩和体育最好的，因此喜欢她的人不少——班主任大概是看我成绩好，竟然答应了。

刚开始的时候，我和她的确相处得很好，两人一起学习一起进步。在她的帮助下，我的文科成绩飞速提升。可自从上个学期开始，我就觉得她没有以前那么想搭理我了。大概是性格的缘故吧，我总是会先从自己身上找问题。可我越想越委屈，有时候上着课眼泪就下来了。这格外影响学习，但我的成绩还没什么变化。每次和她交流她都极其敷衍，或者是一副“和我有什么关系，全都是你的问题”的样子。我开始考虑要不要换位置，但是我又很舍不得，毕竟她之前真的给了我莫大的帮助。这算是喜欢她吗？但是她又让我特别难过——既为我的付出，又为我看人的眼光。

我也咨询了很多学霸朋友，他们都认为我应该换位置。可是我还是不愿意，您觉得我还有比换位置更好的方法吗？我之后应该怎么和她相处？

帆

* * *

帆：

你当然喜欢她。一个成绩与体育都好的女孩，没人不喜欢。即使有人嘴上说不喜欢，心里也是喜欢的。当然，这里的喜欢不是指爱慕的意思。

你以后长大了，会恋爱的，虽然人的恋爱都是由喜欢开始的，但喜欢并不等于爱情。喜欢的范围更广，世间一切美好的人与事，我们都会喜欢。喜欢必然想接近，像你喜欢这个女生，就申请和她同桌，这点是你厉害，班上其他男生就没有这个勇气与行动。你在她的帮助下，文科成绩飞速提升，就是勇气与行动的回报。她是个慷慨的人，你是个幸运的家伙。

你的名字叫“帆”，“平凡的巾”用得好，即是伟大发明。帆怎么用？顺风时打开，逆风时收起。这告诉我们一个道理：逆风时的最好对策不是埋怨风向，也不是流眼泪，而是保持最小受风面，等风过去就是了。人与人成为好朋友，也是一趟漫长的航行，不可能一帆风顺，一定有逆风期，有误解，有争吵，有烦恼，此时，就做好自己，要把情绪之帆收起来，等理解、等交流、等快乐。又落泪，又想换位置，那是还扬着情绪之帆。

如何做好自己呢？

一是有礼貌。记住这个女生对你的帮助，不要人家稍稍冷淡，就忘了，甚至记仇。对她的任何好，都要说谢谢。人很容易成为孔夫子说的“小人”：对你亲近一点，就没礼貌，对你疏远一点，就怨恨。

二是有实力。弱者讨不来强者的喜欢，只能用实力赢得强者的喜欢。你面对的是一个班上最强的女生，顶尖的高手。若是在她看来“这人功课要我帮忙，不搭理他就哭，受点委屈就逃跑”，她只会鄙视你。拿出一点男生的样子，不哭不逃，无论是成绩还是体育，都努力变强，将来你也能帮助她，你们的友情之船就不会翻。

碰到问题不要逃，逃只会让问题发酵，不逃避问题就是走上了成长的阶梯。试想一下，如果你换了位置，替补的是另一个学霸（可能正是建议你换位置的学霸朋友之一），你看他们开开心心地一起进步，岂不得哭死？不能让这种情况发生。

祝开心。

连岳

爱就这么来了

| 2022.5.15

连老师：

您好！

我是一名正在读五年级下学期的女生，是二年级时转到这个学校的。这个班级有很多谁喜欢谁这种事(影响学习的那种)。最近我也在感情上遇到了一些问题(貌似是被影响的？)，这还得从上一个寒假说起。

快放寒假前的那几天，每天放学我都会遇到一个男生，他也是乘我乘的那班地铁自己回家，由于我每天自己上学太无聊了，于是就和他一起乘地铁放学。他成绩不算好，总有很多题不会，我就在路上教他。放寒假了，我突然发现他虽然成绩不好，但人品挺好的，只是用功用错地方了。因为放假所以太久没见到他了，于是我就想象(说是想象还不如说是脑补)他的性格和样貌，我把好多优点都丢到了我想象的“他”身上。就是从那时候，我发现我还挺喜欢他的。整个寒假，不学习的时候，我都在想他。

开学后，我想让他看到我优秀的一面，每一节课都坐得端端正正的，有一次我偷瞄了他一眼，发现上课从来不听的他也坐得端端正正的。后来，我悄悄告诉了我闺蜜我喜欢他的事，闺蜜又在上课时悄悄告诉了他。下课后他就跑过来说了一通话，我记不清了，只记得我害羞得要死（大意是他也喜欢我很久了）。从此以后，我去哪儿他都跟着我（我上个厕所他都在女厕所外面等着）。后来，我渐渐讨厌他这样了，而且发现他并没有我想象的那么好，而且大家都说我是他的“老婆”（……我们班同学真是让人无语，不过还好我马上就要上初中了），还说他那么差为什么我会喜欢他，眼光好奇怪。于是我只好逃避，每天看到他过来就逃。再后来，我说不喜欢他了（真话），然后我说我喜欢上我们班最好的那个男生了，又说他“出轨”了（他是喜欢过另一个女生，但是那都是以前的事）。他听了后表情很绝望（我也后悔了）。

现在，大家都让我们复合，可我不想，我只想安安静静地学习，做一个学生啊！我不想再这样下去了，我要断绝我们的关系，可是又不知道该怎么做！我宁愿做一辈子“单身狗”，哈哈哈（苦笑）。虽然疫情让我们（可能）不再见面，但是我的心里还是忘不掉他！我已经不喜欢他了，但却还想着他！这是为什么？？？我知道学生该以学业为重，但我就是无法拒绝他，让他绝望、伤心。我该怎么办啊？！是该忘掉他或者找他说明白，反正我是不想再和他好了（本文有点乱，感谢您花了大把的时间看这篇乱七八糟的文章）。

您的粉丝那么多，我也不太可能被看见了……写这封信就当是自我安慰吧！打扰了！！！（但其实我还是想被看见的。）

五年级的朋友

* * *

五年级的朋友：

你真是处于一个神奇的班级中，大家感情都比较早熟。早熟不是错，就是长得比较快而已。你们班的好处是，大家对感情都有平常心，也宽容，不至于一个小朋友谈了恋爱，就流言蜚语满天飞，搞得他（她）承受不了舆论压力，精神受伤，荒废学习。

经一事，长一智。当然，经过的事，要仔细分析得失，这样智才能长出来。不然的话，大家都过一生，经的事差不多，就应该同样智慧才对。事实并非如此，人与人的差距最后可能非常大，云泥之别——高的云那么高，低的泥那么低。要成视野开阔、变幻万千、自由自在的云，只有一条路径：从我们经历的每一件事中得到养料，无论是好事还是坏事，无论是顺还是逆，无论是喜还是悲。

你这次"恋爱"，可以得到的养料大致有以下这些：

一、你不可能是"单身狗"。你是一个主动进攻的女生，又很理智，感情萌动之时也是"不学习的时候，我都在想他"。知道自己想要什么，但又不会头脑发热，孤注一掷，情感与理性的平衡感很好。有这特质的人，尤其是女生，怎么可能单身？

二、爱让人变得更好，这是判断爱的唯一标准。爱让优秀的你想更优秀，让普通的他也想优秀，爱的力量就是这么大。一段感情，如果让你变坏，流失力量，对生活与世界减少信心，那就不是爱，即使有爱的名义。

三、爱可能转化成恨。爱一个人而得不到他；我认为你应该爱我，而你竟然不爱我；被分手，爱而不成之时，都面临转变成恨的风险。而且这种转变往往是在当事人毫无知觉的情况下发生，就像被病毒感染一样，到症状明显时，可能已难治愈。一个充满恨意的人，就是一个被毁掉的人。被他恨的人，爱恨转换的风险也会提升。一段感情，这样收尾，是大失误。但人却常犯这种失误，分手时说一些伤人伤己的假话、狠话。你想分手，即使说不出很高明的话，实话实说就行：我现在完全不想恋爱了，没感觉了，只想努力读书，希望你也努力读书。这样既说了真话，也不伤人。

还有，我们忘不掉一个人，不一定是爱，只是记忆深刻而已，我们一生忘不掉的人很多，这可能是让我们提醒自己应该对他们常怀感谢。即使有一些人让我们不愉快，他们也起到了反面教材的作用。而那些愉快的记忆，就在脑子里给它们一个温暖的小空间吧，没必要刻意遗忘。

祝开心。

连岳

什么是真正的朋友？

| 2022.6.24

连岳叔叔：

您好！

我是一名前不久刚参加完高考的高中毕业生。关注您有三年了（其实不止，之前我没有自己的手机，是在妈妈的手机上和她一起读的），读您的公众号已然成为一种习惯，通过您的回信，我总能领悟到许多人生至理，可是最近发生的些许小事，让我对“什么是真正的友谊”感觉很困扰，特此向连叔请教。希望连叔可以看到此信。

我之前一直认为，我和A是一生最好、最真心的朋友，我们十八岁，我们的“友谊”亦持续了十八年，我很珍惜这段“友谊”，甚至引以为傲。但是我们高中不在同一个学校，自然也交了不同的朋友，所以值此毕业之际，我与高中结识的两位好朋友一起完成了早早约定好的毕业旅行,来到了连叔所在的城市。我认为这是一件很值得欣喜的事情,所以我向A表达我的欢喜,可是她竟然对我一顿冷嘲热讽(主观感受,也许是我太敏感)。原对话是这样的,望连叔评判——我:“噢耶,我和同学去厦门玩啦,要玩三天噢。”A:“只玩三天就回?真是可怜。”因为我们从出生就认识,之间还有一层血缘关系(我们的爷爷是亲兄弟),加之我不止一次地用热脸贴她的冷屁股,我都怀疑这到底是不是真正的友谊。我曾和妈妈说起过无数次,妈妈也只是告诉我要胸怀大格局,这些小事睁一只眼闭一只眼就过去了。我尝试过这样,可是心里真的不好受,而且每次我忍下了,下一次依然这样。我也不敢找她沟通,我怕我一开口,友谊直接破裂。我真的很心烦,所以想请教连叔,面对这样一段“友谊”,应该怎样处理才能达到最佳效果呢?什么样的友谊才能称得上是真正的友谊呢?

敬希赐福,顺颂夏安。祝连叔连太开心!

小灰桥

* * *

小灰桥:

真正的朋友,是倾听者、安慰者、欣赏者、引领者。我们自己也只有成为这样的人,才能成为别人真正的朋友。

A习惯性地打击你，显然不符合朋友的定义。她还小，还在受人性大弱点的折磨与考验。人性的大弱点就是“见不得别人的好”，所以知道你遇到好事，她就要泼冷水，让你沮丧，让你觉得没那么好。有人终生无法进化，为嫉妒与仇恨所困，总以为攻击、诽谤他人就是自己所得，结果却给自己带来更大的痛苦，成为可怜虫。在A没有进化之前，她不宜再当朋友。

获得真正的友谊，要以我为主。

以我为主并不是像A一样用否定与贬低操控他人。而是当你发现自己视为朋友的人变成这种人时，你不必委屈自己讨好她，而是马上可以切割，将她清除出自己的朋友圈（当然，这并不是说要吵一架，教训她）。妈妈说得对，心胸要宽，格局要大。这个宽大是不纠结、不计较、不报复，不是不敢做决定、不敢与坏朋友分手。谁对我坏，我就讨好谁，这不是宽大，这是狭隘到成为坏人的奴仆。

发现不合适的人，和他在一起，让你灰心、悲观、腐败、堕落，就得像发现病毒一样与之隔离。这是一辈子的功课，因为你身边的人总在变化，原来的好人有可能变成坏人，原来的朋友有可能变成豺狼。变化是永恒的，静止是相对的。要用发展的眼光看待人与事。一个人变坏了，别说是十八年的朋友，就是二十八年，三十八年，也得放下。将要不要和一个人当朋友的主动权永远抓在自己手上，就是以我为主。

以我为主，还有一层意思是自己要强大。一切你身外的好东西，都是你的强大吸引来的，包括朋友。弱者最多只能得到强者的同情，但得不到强者的友情。好好读大学，把自己的事业、爱情与家庭经营好，你自然有真正的朋友。在极端情况下，就是全世界误解你，就是没有朋友，你也可以靠自己渡过难关，又有什么可怕的呢？

希望你以后常来厦门玩，厦门是每一寸土地都绣了花的城市，世上罕见，非常适合沉浸式的旅游。我们虽然没有见过面，或者见了面也不认识，但我们却是真正的朋友。

祝开心。

连岳

我找不到情投意合的好朋友，怎么办？

| 2022.6.28

连岳先生：

您好！我十一岁，四年级。我的学习很好，成绩排班级前三。我从小就爱看书，我认为如果我懂得多了，也许对生活有用，可以让我交到很多朋友。于是我让父母给我报了特长班、俱乐部、读书会等，因此，现在我多才多艺，知识渊博。但我发现，这些知识在生活中不常用，而现在很多同学都不进行课外阅读，所以我也找不到情投意合的朋友，为此我很苦恼。连岳先生，请您帮帮我。

祝身体健康！

无聊的才艺

* * *

无聊的才艺：

不要担心，才艺不会无聊，知识也不会无用。才艺掌握得越多，知识越渊博，说明你越聪明。人之所以要求学，就是要变聪明。从不聪明到小聪明，从小聪明到大聪明。

一个人不上学，就会变成文盲。或者上学了不认真，同样的问题，家长、老师教育十遍、百遍也不上心，敷衍了事，难免就困在不聪明的境地，学不会别人的先进经验，没有耐心处理眼前的难题，履行不了应负的责任。一生跌跌撞撞，迷迷糊糊，很辛苦，也很可惜，等于浪费了这一辈子。

但是，一个人上了十多年学，拿到大学毕业证书，多才多艺，知识渊博，也可能只达到小聪明的层次。他们求学的目的，只停留在证明我比别人聪明，比别人有更好的名次，上了更好的大学，有更好的工作、更好的收入。比不上我的人，应该羡慕我、服从我，自惭形秽。总而言之，他得到能力是为了炫耀。炫耀权力与财富，遭人反感，招来反噬，炫耀知识，本质上是一样的。总想着把别人比下去，总要证明别人不如自己，那么，难免身陷冲突，令人敬而远之。

所以，人一定要进化到大聪明，才算是真爱学习。孔夫子说了，假爱学习的人为人而学，把知识当装饰品，真爱学习的人为己而学，用知识提升自己。这样的人，即使环境不好，人事不利，也可以从中学习，不停地向上突破。一个人到了这种境界，就能天天长知识，内心又很平静。他在人群中时，总是能说别人熟悉的、能理解的话语。他独自一人时，又能在深沉的阅读与思考中获得乐趣。你才十一岁，也可以到大聪明的境界。和同龄人玩的时候，了解一下他们的话题，不要嫌他们笨、嫌他们不爱阅读，他们毕竟还是小孩。自己在家时，继续保持爱看书的习惯，书里有人类有史以来最聪明的人，他们都可以当你的朋友，爱看书的孩子是不会寂寞的。这样，你既能合群，又可独处。知识、才艺与爱好，让你可进可退，可行可止，怎么会没用呢？用于大聪明，就有大用处。

祝开心。

连岳

我小气吗？

2022.7.14

连岳老师：

您好！我是一名四年级的学生。期末考试完那个中午，放学后，我请两名同学来家里玩，想请他们吃零食放松一下。到家里后，我请他们吃了雪糕等零食，我们还一起看了iPad。但是他们俩吃了我很多零食，我很生气，可我不好意思和他们直说。等他们吃好，我的零食已经所剩无几了。他们有说有笑地回家了，也没有和我说些什么。

我因为这件事情愁闷了一个下午。晚上妈妈下班回家，我把这件事告诉了她，可是她却说对同学不要太小气。我一听就更加生气了，于是说道："我请他们吃零食本来是想让他们放松一下，谁知他们吃那么多。我不开心，下回我再也不请他们吃零食了。"

难道我真的是一个很小气的人吗？下次他俩来我家，我要不要阻止他们吃我的零食呢？虽然妈妈说零食吃完了还可以再买，但我为什么还会一直闷闷不乐呢？

祝连岳老师身体健康！

一位生气伤心的男孩

*　*　*

一位生气伤心的男孩：

你当然不是一个小气的人。小气的人怎么可能请同学大考完吃零食放松一下？你闷闷不乐，是因为没有控制好预算，是事情没做好的懊恼，再大方的大人，如果原来准备花两千块钱请客，最后花了一万块钱，也会责怪自己，虽然钱可以再挣。

人是社会动物，也就是你一定要与他人建立联系，生活与事业才能够展开。你的朋友，品德越好，本事越大，越有利于你。请客是最隆重的联系，你要付出真金白银和不可再生的时间——一般只会给最亲的家人、最好的朋友。其中的学问很大，你只是四年级的小朋友，没有做到位很正常，我五十多岁的人，也不敢说自己每次请客都是完美的。

在我看来，你这次请客，没人做错了。

你的同学，乘兴而来，兴尽而返，这表示你这个主人的招待到位，很对客人的胃口。你端出的零食，他们不吃，或勉强吃一点，那才是你的失败。

你妈妈教育你“不要太小气”，虽然有点偏离议题，但也可以理解。毕竟，小气是人生的大敌，她太害怕你变成一个小气的人。小气有些天生的因素，如果后天的教育还没把一个人的格局打开，那他的人生就会非常贫乏。人是先给予，才能得到的。不能为他人创造价值，自己就没有价值。小气的人，从不给予，拒绝为他人创造价值，最后也就没有价值。小气还与短视、贪婪息息相关，真可以说是恶之母。

当然，大气不等于傻大方，不问缘由，动辄把自己所有的东西给他人，那也只会引来邪恶的人。大气是用最恰当的方式做事。我们的传统文化最看重“仁义”，“义”的意思为恰当。恰当地做人，就是“仁义”。仁义体现在生活的每一个细节里，当然也体现在请客中。你以后不是不该请客，而是应该学会怎么恰当地请客。吃太多零食，其实不利于健康，你这两个同学如果因为吃了太多的零食，回家不吃饭了，他们的父母是不满意的，可能还会埋怨你和你的父母。下次请客，你拿出恰当量的零食，不太少，也不太多，那就方方面面都完美了。恰当不可能一次做好，但总是会越做越好。

祝开心。

连岳

和朋友绝交，我的做法对吗？

| 2022.8.11

连叔：

您好！我是一名即将升初三的学生，和妈妈一起看您的公众号已经有好几年了。您的文章使我和妈妈受益匪浅，也使得我们的关系改善很多。我现在遇到了一个问题，不知道自己做得是否正确，或者是否有些过激，希望能得到您的意见。

我有一个朋友，她也是我的同学，从初二开始，我和她因为游戏渐渐熟络起来，假期时会一起出去玩、打游戏，相处得很融洽。我们都在班级前十名，不过我比她成绩要差一些（这也是我除了游戏这个因素外和她交好的原因，我认为在学习方面她也可以帮助我）。但在最近，我和她闹掰了。

从我们一起打游戏开始，她就一直撺掇我给游戏充钱，总是说类似于“你为什么不‘氪’啊？你不爱某某某了？”的话（我妈妈在这方面管得很严，我几乎没有在游戏里花过钱，但当时我被她蛊惑，也充了一些钱，现在想起来很后悔)。初二下半年的时候我开始意识到了这个问题，于是在充钱的问题上我会回避，转换话题和她谈论一些别的事情。也许是由于在学校时我们能够相处的时间并不多，所以导致我对她的了解只停留于“学习好，长得有些漂亮，一起玩同样的游戏”上。

这些其实并不足以让我远离她，毕竟她在我心里的定位大概也就是“游戏的玩伴”。矛盾激化的起因是假期补课时，我们俩被分到了一个组。每当下课，她就无休止地唠叨，让我买卖账号，充值游戏等等。如果我告诉她“我没钱充，我充什么充”，她就会说“五百块钱，你妈妈打把麻将就没了，多大点事”。包括地理、生物中考那天，她还鼓动我：“如果考得好了你就找你爸妈要五百块充游戏去。”

从补课时的相处中我了解到她家境非常好，也发觉她有些“大小姐脾气”(这点我以前就有所了解，我曾经是一个群聊的管理员，把她拉进来后她却把群里搅和得一团糟，最后她自己居然还表示“无语死了”)，这大概也是她差点被骗了一千块钱却还毫不在意地去玩游戏的原因。我因此渐渐疏远她，她却开始得寸进尺，竟然还要挟我“你再不理我我就如何如何”，还扬言要将我游戏账号中的货币全部花光。我说她侵犯我的私人财产，她却得意扬扬地说："就你那点玩意告不了我。"

这期间还有一些别的令我讨厌她的事情，就不一一列举了。我因此在补课的最后一天干脆理都不理她，结果那天在上楼时她边在后面用书包撞我，边厉声责问我为什么不拉她进群（即前文里的那个群），我因此怒骂她一顿，并尖声斥责她"给我滚"。也许是被我吓到了（我平时性情温和，不善言辞），她后来也没再跟我说过话。

我想问问连叔，我觉得我这样做是对的，但后来的绝交是否有些偏激？以及想问问您对这件事的看法，打扰了！

玉为尘

* * *

玉为尘：

说实话，看你的邮件时，我越看越揪心，直到看你喊出"给我滚"，我才放心了。你做得对，不偏激，这次绝交反而让我看到，你的人生将是安全的，误交损友也不会被腐蚀，在涉及底线问题时，你是不会退让的。

交朋友是孩子成长过程中最大的风险之一。孩子渴望朋友，信任朋友，深受朋友影响，但是交到损友的可能性不小。因为人的本性一开始往往看不出来，随着时间的推移，才能深刻了解一个人，而到那时，有些孩子已经被控制，离不开了。你这位前朋友，属于最危险的那一类孩子，胆子大，脸皮厚，道德感弱，敢挑事，再加上成绩好，长得漂亮，家境富裕，又具有魅力，让她的控制力很强，而控制力的最好体现，就是让人去做原本不愿意做的事，这就是她反复怂恿你在游戏中充值的原因，只要这一关一突破，你就再也不会反抗她了。人生还长，当然不宜现在就对这个孩子盖棺论定，但在当前，她不能成为朋友。而对善于纠缠与控制的她来说，暗示，点到为止，不起作用，你想远离这个危险，只有毅然决然地喊出“给我滚”。这是你成长的大突破，以后每到关键时刻你都敢做决定，不怕斗争。这也是你送给她最后的大礼物，或会促使她反省，去掉性格中的一些邪性，把能量用于正道。

性情温和，这是幸运，是老天馈赠的礼物。一个人温和，就更容易宽容、感恩、忍让，更容易有耐心、负责任。即使天生不温和，我们在后天也要修炼得温和。但是温和也容易走向软弱、无主见、抹不开面子、丧失原则、被操控，这样，幸就成了不幸。所以，我们要当一个孔夫子那样的人，“温而厉”——既温和，又严厉，把两种似乎截然相反的特质糅合在一起。当别人触碰我们底线时，当别人一再诱使我们堕落时，必须展现严厉的一面，这时就得喝一声：“给我滚！”

祝开心。

连岳

痛失闺蜜

| 2022.10.27

连叔：

您好！

我是一名三年级的小学生。我妈妈经常带我阅读您的文章，我觉得您的文章特别好。最近，有一件非常大的事情一直缠绕着我。

时间飞逝，我和我的闺蜜从一年级走到了三年级。我一直把我知道的所有事情都坦诚地告诉她。她性格开朗，上课遵守纪律，字写得也很漂亮，喜欢交朋友，也交了很多朋友，其中就有我。她还经常copy我的作业，因为她经常不复习。以前我觉得无所谓，因为她是我的闺蜜嘛。现在，copy我的作业似乎已经成了她的一个习惯，而我却慢慢知道了这样是在害她。她是我的闺蜜，我不能害她。所以我就开始阻止她copy我的作业。但是她就会拿我们的关系来威胁我，说：“怎么了，抄点作业都不给抄了，我看你是不想和我做闺蜜了吧。”我只有她这一个闺蜜，我不想轻易丢掉她。虽然我知道这不对，但却一次又一次掉进她的陷阱里。

最近，我当选了大队长，我非常非常开心。我闺蜜却开心不起来，因为她也参加了大队长竞选，但她没当上。因为她只得了八票，而我得了二十二票，我以二十二比八的优势当上了大队长。之后她就对我爱搭不理的，不再陪我一起玩了。我觉得很孤独，也很难过。

两周后，我又交了一个新的闺蜜，也就不再和她一起玩了。当知道我交了一个新闺蜜之后，她就很生气。她对我说：“人一生中只能有一个闺蜜，你现在有了两个闺蜜，你打算怎么做选择？”我说我无法选择，很难选择。因为如果我选了新闺蜜，她一定会非常生气，甚至会和我绝交；但是如果我选她，我也已经知道她根本就没有把我当成她真正的闺蜜。我又反问她，那你为什么对我爱搭不理的。她说是她妈妈不让她和我玩的，因为我当上了大队长。我的心受到了极大的伤害，就因为她妈妈的一句话，我们三年的闺蜜情就破碎了。

最近，我发现她对我喜欢的那个男生异常热情。我就问她：“你喜欢他吗？”她说：“是。”可是以前我们发过毒誓，我们两个不会同时喜欢一个男生。今天,我又从另一个朋友那里得知:她当初就没有把我当闺蜜,只是骗我玩儿的……

连叔,我已经难过了三周了,她怎么可以这样对我呢!我妈妈也一直安慰我,还让我理解闺蜜,说她落选了一定也很难过。我真的很难过,不知道什么时候会开心起来。我妈妈建议我给您写求助信。如果您不回复我,我也可以理解您,因为我妈妈说有很多人给您写信求助,您没有那么多时间一一回复,但是可以试试看。如果您回复我了,我将非常开心,非常感谢您的回复。

祝您身体健康,万事如意!

一名悲痛欲绝的三年级小学生

* * *

一名悲痛欲绝的三年级小学生:

想要化解失去一个朋友的悲痛,其方法是多交几个朋友。你很出色,又可以在两周内交到新闺蜜,这方法你掌握了,多用,朋友多多益善。

阻碍你多交朋友的障碍是你前闺蜜说的"一生中只能有一个闺蜜"。按这句话的逻辑,你确实不能再交新朋友了,你可能为难在这里。

我告诉你,这句话不成立,可以从以下几方面判断:

一是你前闺蜜自己就没有遵守这规则，她对你爱搭不理的，还不和你玩。所以，你也没有遵守的义务。谁制定的规则，谁就必须带头遵守这规则。

二是这规则本身也不合理，即使她可以带头遵守。《小学生守则》里有“团结同学”的要求，所谓的团结，就是多交朋友，包括多交“闺蜜”，不能限制自己及他人和一（几）个人玩。包括之前她表达的“闺蜜就得让抄作业”，其实也是违反《小学生守则》里的“不说谎话”的诚实原则的。小朋友间有很多约定，判断其合不合理，就看它有没有违背《小学生守则》。如果是违背的，你遵守了反而是坏事。就像约定一起去偷东西，那肯定不能答应。

三是出现在你课文里的那些非常伟大、非常潇洒的人，朋友都多。孔夫子说：“三人行，必有我师焉。”说明他自己会交朋友，也鼓励学生交朋友。三个人在一起，你就要多聊聊，多问问，其中必有你的老师。“择其善者而从之，其不善者而改之。”好的，跟他学，不好的，不跟他学。这样我们会进步得很快。中国人，世世代代都是孔夫子的学生，要听他的，而不是听你前闺蜜的。

小朋友间总是有很多约定，让人眼花缭乱，不知所措。判断其是否值得遵守的原则一样：它是否符合最基本的规则？是否符合传统美德？是否双方都能遵守？不符合，你就不必遵守，即使不小心答应了，也可以不遵守。我们自己发起的约定，也要符合这原则。不能发起坏约定。

你前闺蜜的几条主要约定，比如让她抄作业，只能有她一个闺蜜，都是可以不遵守的。这些也说明她想用这些控制你，不当她的闺蜜你能重获自由，是好事。当然，不是说她是一个坏人。人的成长，总是要通过这些碰撞、悲痛完成的，当你朋友越来越多，学习越来越好，她发现控制不了你时，就会知道自己错了。或长或短的一段时间后（短则几个月，长则几年），你们可能又会成为闺蜜。

祝开心。

连岳

做到两点，无论你是十五岁，还是五十一岁，都是懂爱情的

| 2022.11.25

连叔：

展信佳。

我是一名刚进入高一的女孩子，最近遇到了一些问题，在这里想请教一下连叔，希望您能给我以指导。

初二的时候，我遇到了一些在当时看来比较大的挫折。当时感觉自己的天都快塌了，再加上和当时的朋友很少见面，和班里的宿舍里的女孩子没有什么共同话题，便整日郁郁寡欢的。幸好我当时成绩不错，在省会城市一所口碑不错的私立中学能考到年级前二十，要不然指不定会出什么意外。也是在那个时候，我开始和一个男孩做同桌，在此之前我们没什么交集，这里就简称他为S吧。他积极乐观，阳光自信。我们经常聊天，互相讲题。和他

坐在一起，就好像有一束光照到了我的身上，暖融融的。我好像被S从黑暗中拉了出来。加上他面貌清秀，侧脸经常使我盯得出神，成绩也很好，各方面都很优秀，我便对他暗生情愫。可是天下没有不散的筵席，班主任把他调走了。临走前，S对我说，他不想走，和我坐在一起学习效率很高。分开之后我们说话的次数便减少了许多，我便祈盼着我们能再做一次同桌。但在他眼中，我或许不算什么。

可是初三的时候，S转到了另一个城市。此后我便化悲伤为动力，努力了一年，也在班级里交到了新的好朋友，考上了全省数一数二的高中。中考前，S还在社交软件上给我加油了，哈哈。中考完，我给S写了纸质信，表达了我对他的感谢，同时询问他是否可以成为我的纸质信笔友（即使我们在社交软件上也会聊天），因为我真的不想和他失去联系。他竟然同意了。我们的关系似乎更近了一步，但我很确定，我想和他建立的关系并不仅仅是笔友。前几天我们在聊天中不知不觉地聊到了情感问题，S向我讲述了他之前的情感经历，并且告诉我他与追求他的女孩和前女友都断绝了联系，目前不打算谈恋爱了。我们又聊了好多，我能感受到他的感情观似乎比同龄人都更成熟，他也认可了我的一些观点。可是，我发现我好像对他愈发不可自拔了。咀嚼着他的文字，我觉得我们没有可能。更何况,十五岁懂什么爱情呢。

在这里我想请教连叔的是,怎么样才能从这种情感中脱离出来,安心地和他保持好朋友的关系呢?再或者,怎么创造与他的可能性呢?

祝你生活愉快。期待您的回复!

红豆

* * *

红豆:

十五岁确实不懂爱情,但爱情不管你懂不懂,身体成熟后它就会来。爱情来了也不会自然就懂,不学习了解它,五十一岁的人也仍然不懂爱情。

你现在要做两点。

一是与他保持联系,不必太热情,也不必“得不到爱”就冷淡,甚至恶言相向,断绝往来。这样保留了未来的一切美好可能。即使你以后对他没感觉了,你们也还是好朋友;彼此有感觉,则会进化成爱情。十五岁的爱意,或如一闪而过的流星,或如恒星初生,都很美,无论怎么发展,都可接受。

二是保持好成绩。对于中学生的恋爱,绝大多数家长、老师是不乐意其发生的。他们往往只能做到中立,不鼓励;发生了,也不激烈地反对，但是会表达出足够的担心。只有一种恋爱，是有“特权”的，谁也不反对，就是恋爱了成绩变好的学生，对两个学霸间的恋爱，其他人是没有反对权的。换言之，对一个学生来说，成绩就是他的通行证，有了好成绩，就有父母、老师更平等的尊重，同学更多的关注，也有恋爱权了。事实就是如此。爱从来不是平均主义，爱是流向强者的，强者愈强。

上面两点，概括一下，适用于整个人生：一要善良，情绪稳定，切忌得不到爱就自怜“摆烂”，撒泼攻击；二要强大，能力超群，永远追求业务好（读书时成绩好，工作时业绩好），负责任（读书时得到师长信任与认可，工作时得到同事信任与认可）。做到这两点的人，一生将被各种爱拥抱着，从亲情之爱、友情之爱到爱情之爱。

祝开心。

连岳

不当备胎

| 2022.12.18

敬爱的连叔：

展信佳！

我是一个正在读高二的男生，关注您有一段时间了，希望能从您这儿得到一些建议。

我的苦恼源自身边的一位女生。我们自小相识，十分要好，小学初中都是同班同学，如今高中分班后又成了同班同学。她成绩优异，乐观自信，最大的特点是热情大方，常与我们这些男生一起玩耍。我很自然地对她产生了好感，她对我亦然。我与她相互陪伴，一直到现在。我俩成绩都不错，在学校里都是考国内顶尖大学的苗子。

上高中后，我向她表明了心意，她答应了，我们维持了一段时间较亲密的关系——庆幸的是我们成绩依然稳定，基本没受影响——但这段关系只维持了大约八个月的时间。随后，她表示不喜欢这样的亲密关系，并向我阐明了她的人生规划中没有恋爱。她觉得有男朋友是件挺麻烦的事，会给她各种各样的限制，也对之前答应了我表示抱歉，希望与我仍以好朋友的方式相处。我虽然又生气又伤心，但仍答应并理解了她。这并没有动摇我们之间的感情根基，我与她倒仍很要好。

近来，我察觉到隔壁班有个男生对她动了心（他是她分班前在高一的同学，本来就认识她）。我虽身为男生，却相当敏感，这样的事一般逃不过我的眼睛。至于她，她自己说很想和他成为很要好的朋友，对他也很好，很热情。我很早就提醒过她，说你要对他收敛一点热情，不然他对你动心的话会很麻烦，但她不听。我找她谈了谈，我说你们需求不同，最好不要太热情，不然可能最后会伤害到他。我没想到她直接跑过去跟他说明了态度，然后依然没有行为上的改变。我曾尝试过干涉，这一方面是出于我的嫉妒心，一方面我也的确认为她这样不太合适，毕竟她很多时候交际仅仅是为了自己开心，不太会考虑别人的情况。后来我也意识到自己做得不对，我的确没有资格去干涉，于是我也就不管了。但我仍很痛苦，她于我就像妹妹一样，而她又有些过于自我，我不想看到她伤害别人或是被任何人伤害。另外，我仍然是很喜欢她的，对她不能成为我爱情中那个正确的人，感到既遗憾又痛苦又不甘。我也害怕，当她找到能满足她社交需求的人时，我和她会越走越远。

祝连叔身体健康，工作顺利。期待您的回复！

Albert

* * *

Albert:

这姑娘很聪明，属于情感中的掌控者。体现为两方面，一是她不会为情感所误，学习仍然很好。

二是她在情感中可以控制对方，予取予求。这是一种天赋，她现在只是本能地运用，但并不知道其威力与危险。这种天赋用得好，那就是所谓的情商很高。对自己，对他人很了解，能够避开风险，也能够看穿人心。她更容易有好感情，好婚姻，好人生。但用得不好，则会走到另一个极端。可能不那么珍惜感情，毕竟得来太容易，可能会挑花眼，见到任何一个优秀的异性，都认为是自己的；可能会被自己的优越感反噬，总有一些最优秀的男人，是反感这种控制的，或者对她没有感觉，她此时的求胜欲与嫉妒心就会爆炸，将自己与他人炸得粉身碎骨。随着年龄的增长，青春的流逝，本身的吸引力下降，眼光又降不下来，她可能会面临她看得上的人都不受她控制的窘境。聪明反被聪明误，最后一无所有。如果身边一直有一个备胎，那么，她就有最后的保险，毫无退路时，就用这个备胎顶上吧。

但这个备胎不好找。一要足够出色，不然她也看不上。二要足够忠诚，能被虐，虐他千遍也如初恋。这两种特质很难集中到一个人身上，出色的人不好虐，好虐的人不出色。可你恰恰是这种罕见的人，出色又好虐。你能力强，容忍度高，能够控制嫉妒心，这天赋用来做任何事，都将事半功倍。唯一不能做的，就是去当备胎。这会耽误你自己，你发现不了其他好姑娘，也会将她纵容地更无顾忌，最终也耽误她。所以，拒绝当备胎，是自利，也是利她，你们两人都不会误入歧途。

一个男人，适度的自尊是要有的，不然就是软弱。既然分手了，就不要再哥哥妹妹的了，也不要介入她的私事。专注让自己更加强大，成绩更好，性格更坚忍。你不爱我，老子不缺人爱——要有这个自信与气势，人往往是因为这些特点而可爱的。

祝开心。

连岳

图书在版编目（CIP）数据

我爱问连岳之少年问答. 3 / 连岳著. —南京：译林出版社，2023.6

ISBN 978-7-5447-9635-4

Ⅰ. ①我… Ⅱ. ①连… Ⅲ. ①青少年教育－问题解答 Ⅳ. ①G775-44

中国国家版本馆 CIP 数据核字（2023）第 061244 号

我爱问连岳之少年问答3　连　岳／著

策　　划　郑燕平
责任编辑　李　蕊
装帧设计　木　宁
校　　对　梅　娟　王　敏
责任印制　闻媛媛

出版发行　译林出版社
地　　址　南京市湖南路 1 号 A 楼
邮　　箱　yilin@yilin.com
网　　址　www.yilin.com
市场热线　025-86633278
排　　版　南京展望文化发展有限公司
印　　刷　江苏凤凰通达印刷有限公司
开　　本　880毫米 × 1240毫米　1/32
印　　张　8.125
插　　页　2
版　　次　2023 年 6 月第 1 版
印　　次　2023 年 6 月第 1 次印刷
书　　号　ISBN 978-7-5447-9635-4
定　　价　39.80 元